GUANABARA REAL

AGÊNCIA DE DETETIVES

Editor: Artur Vecchi
Projeto Gráfico e Diagramação: Vitor Coelho
Ilustração de capa: Poliane Gicele
Design de Capa: Vitor Coelho
Fotografias: Ronald Mendes
Revisão: Gabriela Coiradas

2ª edição, 2022
Impresso no Brasil/ Printed in Brazil

Dados Internacionais de catalogação na Publicação (CIP)
(Câmara Brasileira do Livro, SP, Brasil)

C 794

Cordenonsi, A. Z.

Guanabara Real : a alcova da morte / A. Z. Cordenonsi, Enéias Tavares, Nikelen Witter. – Porto Alegre : Avec, 2022.

ISBN 978-85-5447-096-8

1. Ficção brasileira
I. Tavares, Enéias. II. Witter, Nikelen. III. Título

CDD 869.93

Índice para catálogo sistemático: 1.Ficção : Literatura brasileira 869.93
Ficha catalográfica elaborada por Ana Lúcia Merege – 4667/CRB7

AVEC EDITORA

Caixa Postal 7501
CEP 90430-970 – Porto Alegre – RS
contato@aveceditora.com.br
www.aveceditora.com.br
@aveceditora

Um Caso da Agência de Detetives Guanabara Real

A alcova da morte

Enéias Tavares

Nikelen Witter

A.Z. Cordenonsi

AVEC
EDITORA

Flamengo, 10 de julho de 1892.

Ilmo. Exmo. Senhor Barata Ribeiro
Intendente do Distrito Federal
Cidade de São Sebastião do Rio de Janeiro

Respeitoso e prezado amigo, espero que esta o encontre gozando de excelente saúde e bons augúrios, pelo bem de nossa maravilhosa cidade e de todos os seus diletos habitantes.

É com a mais profunda gratidão que deito no papel estas parcas palavras de louvor à vossa pessoa. Desde que adquiri o matagal selvagem e o território insalubre do Corcovado, para ali erigir um monumento à nossa cultura, tecnologia e civilização, obtive de vossa excelência o mais generoso dos apoios, sem o qual não teria conseguido levar adiante minha luta pelo progresso de nosso país.

Ademais, como cidadão e incansável servo da mãe pátria, desejo novamente erguer até vossa excelência meus protestos de gratidão pelos incentivos à indústria e ao comércio de nossa cidade. Bem como pelo vosso alto grau de atenção às necessárias melhorias a fim de aumentar o trato das exportações, que tão grandemente têm estimulado os verdadeiros empreendedores e construtores desse país.

No tocante à minha própria indústria, não posso deixar de prestar minha sincera devoção ao altíssimo comprometimento de vossa excelência com o futuro desse projeto, cedendo alguns trabalhadores para a conclusão dessa obra de tão importante monta. Também gostaria de destacar as boas-vindas dadas aos artistas e engenheiros vindos da França para o trabalho.

Tenho certeza de que tal projeto marcará a paisagem de nossa cidade como monumento de engenharia moderna e como signo de nossa grandiosidade. Não tenho dúvidas de que, doravante, o Corcovado será lembrado como um importante cartão postal, tanto em âmbito nacional quanto mundial. E que o mesmo atrairá estrangeiros sedentos de nossas infinitas belezas naturais, e pela nova e gloriosa civilização que essa época inaugura.

Desde minha chegada à capital, tenho sido cumulado das dádivas da amizade de vossa excelência e, por conta disso, faço-o ciente de meus votos de ser um correspondente à altura, para vossa excelência e para o povo do Rio de Janeiro.

Seu obrigadíssimo criado,

Joaquim Francisco Marques de Souza
Barão do Desterro

CAPÍTULO 1

MARIA TEREZA

Rio de Janeiro, 15 de julho de 1892.

Corcovado, 17 horas.

O cocheiro veio correndo ajudá-la a descer da carruagem.

Quando chegou, ela já fechava a porta pelo lado de fora. Maria Tereza entregou o dinheiro na mão estendida do homem e agradeceu por educação. O sorriso foi sua gorjeta.

O homem olhou-a de cima a baixo com uma expressão incerta.

— A inauguração estará bastante movimentada — comentou ele.

— Sim, sim — concordou, notando a multidão que chegava ao Corcovado. — Será um grande evento.

Ela o dispensou com um aceno de mão. Depois, olhando as pessoas em torno com atenção, ajustou o casaquinho sobre o vestido verde e o chapéu ostensivamente grande sobre a cabeça. Deixou a sombrinha pender ao lado do corpo movimentando-a com charme.

Avançou em direção ao porteiro do evento. Uma pequena fila se formava à frente dele. Mulheres vestidas com tecidos claros e diáfanos, como pedia o fim da tarde, acompanhadas por homens em sisudos ternos cinzentos de passeio. O horário vespertino da inauguração se devia à moderna iluminação elétrica, novidade que seria demonstrada naquela noite.

No sopé do morro, em torno da "boa sociedade" que chegava para a festa, havia uma miríade de pessoas de toda cor e jeito. Vendedores, curiosos e alguns trombadinhas. Bem menos que o habitual, notou Maria Tereza.

O porteiro saudou-a com a mão ao quepe.

— Bem-vinda, Madame Floresta.

— Obrigada, Lancelote.

— A madame se lembrou do meu nome. — O homem inflou a libré azul na altura do peito, a pele marrom brilhava de suor.

— Nunca esqueço uma gentileza — disse estendendo a mão, que ele beijou como um fidalgo, dando passagem para que ela prosseguisse em direção ao trem que levava até o alto do Corcovado.

Não pediu o convite que ela, por certo, não tinha. Aí estava a vantagem de dar atenção a todos. Como costumava dizer a Firmino, saber o nome das pessoas era uma arma.

Na primeira vez em que encontrara Lancelote da Silva — ex-praça da Guarda Nacional e porteiro de confiança em festas e eventos promovidos pelo Barão do Desterro, recitou mentalmente — precisou usar um pouco de persuasão para que ele lhe franqueasse a entrada. Nas outras duas ocasiões, seu acesso fora tão fácil quanto o que acabara de ocorrer.

Começou a subir a pequena ladeira em direção ao trem. O chão de pedras irregulares pedia atenção por causa dos sapatos forrados. Logo atrás de si, ouviu uma mulher questionar:

— Por que ela não precisou apresentar o convite?

Maria Tereza se voltou imediatamente e sorriu.

— Juiz Queiroz! — disse numa voz bem alta. — Que alegria o encontrar aqui.

Se ela achava importante conhecer os subalternos, jamais perderia o nome de um figurão.

O homem ficou branco. A esposa, vermelha. Maria Tereza estendeu a mão para ambos e o juiz não pôde evitar seu cumprimento.

— Ah, o senhor nunca me contou o quão adorável era a sua esposa — comentou ela, se inclinando para trocar beijinhos com a mulher. A esposa do juiz parecia chocada, mas não se esquivou.

— É, sim, claro. Querida, esta é a senhora Maria Tereza Floresta. Hã, minha esposa, Aurélia — disse apontando com a cabeça para a mulher. Tereza avaliou que ela deveria ter uns trinta anos e ser pelo menos vinte mais jovem que o juiz.

Aurélia levou a mão à boca num assombro.

— A detetive! — Seu rosto se transformou em encanto. — Eu li alguns de seus casos nos jornais. A senhora é muito corajosa. As coisas em que se envolve... É impressionante. Não é impressionante, Queiroz?

O marido concordou um tanto sem graça e Maria Tereza aproveitou a deixa. Deu um sorriso cúmplice para Dona Aurélia e se enganchou com delicadeza no braço da conhecida.

— Ah, a senhora sabe: um pouco de publicidade no meu ramo é sempre bom. Mas guardo comigo os melhores lances de cada caso. — A mulher arregalou os olhos, cheia de interesse. Devia considerá-la uma personagem de folhetim. — Afinal, se divulgasse tudo, seria publicidade em demasia, pois não?

As duas riram com afinidade, o que poupou o marido da óbvia pergunta sobre como ele conhecia a dona da Agência de Detetives Guanabara Real. Embora a condição de juiz permitisse imensas possibilidades para esse contato, a verdade era muito deselegante para ser comentada. Em especial com a esposa.

O desconforto de Queiroz, contudo, era salutar para Maria Tereza. O homem aceitava sua companhia como garantia de que ela ficaria de boca fechada sobre a polaca que ele visitava com frequência no Senadinho. Quanto à esposa, mais curiosa a respeito de Maria Tereza que sobre o próprio marido, já na metade do trajeto do trem agia como se fosse sua amiga de infância. Com tão entusiasmada companhia, nem mesmo o Barão do Desterro em pessoa questionaria a presença da detetive em sua inauguração.

— O que acha que ele colocou lá em cima? — perguntou Aurélia. — Sabe de alguma coisa que não sabemos?

Sei, pensou Maria Tereza, mas não creio que a senhora teria estômago para os relatos que ouvi.

Ela deu um grande sorriso e comentou:

— Oh, não! O Barão guarda seus segredos a sete chaves.

— Ele prometeu uma maravilha — disse Aurélia empolgada.

— Prometeu um marco e uma ode ao progresso da cidade — corrigiu o juiz Queiroz.

— Ora, uma maravilha então — garantiu a mulher.

— De minha parte, confesso que sentirei saudade do quiosque que havia lá no alto. Era um lugar verdadeiramente aprazível — comentou Maria Tereza.

O juiz não se comoveu.

— Bem, eu creio que o Barão fez muito bem em comprar o terreno e o morro todo — afirmou, voltando a se sentir seguro. — Quando caía a noite isso aqui virava um verdadeiro pardieiro. Não havia semana em que não encontrássemos o corpo de algum infeliz desovado no matagal que nos cerca.

"A diferença é que agora não temos os corpos", refletiu Maria Tereza, "só uns pedaços".

O juiz se apoiou na bengala e continuou o discurso:

— O Barão irá civilizar toda essa região. Chegarão investidores, gente de gabarito e pessoas de bem. Nada daquela cachorrada que vimos pedindo esmolas fora dos portões.

O pequeno sorriso de Maria Tereza não chegou aos olhos.

— O novo projeto de constituição da República quer fazer da "cachorrada" eleitores, juiz Queiroz.

— Uma aberração! — gesticulou o homem.

Maria Tereza abriu o leque. Era sua forma de respirar fundo quando se exasperava. Seus dois colegas de agência certamente agiriam diferente. Firmino pularia no pescoço do homem. Remy talvez o enredasse num argumento intrincado até o juiz admitir que estava errado. Tereza se abanava e tomava nota. Cobraria mais tarde. Com juros.

A subida para o Corcovado estava mais rápida com o novo trem, o juiz apontou, consultando o relógio de bolso. O homem aproveitou para, mais uma vez, elogiar o Barão por ter modernizado o legado do Imperador. Aurélia cortou a ladainha de enaltecimento e voltou a perguntar a Maria Tereza sobre os casos que lera nos jornais, ao que ela respondia sempre no tom de conspiração, para que a mulher se sentisse especial e com informações únicas.

O trem ia em linha reta pela montanha, mergulhando na mata fresca onde agora se viam, de longe em longe, os novos lampiões que deixavam as noites menos escuras. A chegada tinha uma nova estação em aço e vidro, bem ao gosto dos arquitetos franceses que o Barão contratara. O grande marco, que ficaria no alto do Corcovado, também fora feito na França, e transportado sigilosamente em um navio fretado, para ser montado nas alturas no Rio de Janeiro.

Os três caminharam até a ampla esplanada, onde já se percebia o clima de requinte e luxo do coquetel oferecido. Obviamente, o anfitrião não estava à vista. Faria sua entrada mais tarde, no momento devido e meticulosamente preparado.

A bandeja com taças de champanhe chegou até eles tão logo entraram na área do festejo, delimitada por cordões de luzes incrustradas em flores de metal. Tereza pegou o cristal dando uma discreta piscadela ao jovem garçom. Ela o havia indicado para o serviço.

Mantinha os ouvidos na conversa e os olhos no que se passava ao redor. Vários guardas particulares do Barão se espalhavam pelas bordas da festa. Havia alguns membros da Guarda Municipal e uns policiais à paisana, fáceis de identificar. Sozinhos, não bebiam nem comiam o que passava pela frente. A um canto, o delegado Teixeira, a quem ela cumprimentou, vendo em seu olhar o desgosto em vê-la ali.

— Não é impressionante? — perguntou-lhe Aurélia.

Maria Tereza estava tão concentrada em avaliar o ambiente que levou alguns instantes para perceber ao que sua “nova amiga” se referia. A mulher apontava extasiada a imensa estátua — imaginava-se pelo formato — coberta de escuros e pesados tecidos inaugurais. Um presente para a cidade, diziam os correligionários do Barão. Um marco de nosso progresso, afirmava o próprio.

— O que haverá embaixo quando descerrarem os panos?

— Nem imagino — respondeu Tereza.

— Pode ser uma cruz, não? Pelo formato. Talvez uma estátua da virgem santíssima ou do nosso Redentor.

— Pelo gosto que o Barão tem por máquinas, eu pensaria em algo mais tecnológico do que religioso — sugeriu Tereza.

— Oh! Isso seria ousado, não acha?

Aurélia continuou falando, mas a atenção da detetive fora roubada por um estranho esbaforido. O homem saiu do meio da mata que cercava o local, ultrapassou as limitações de flores de metal e correu em linha reta até o delegado. A roupa denunciava um trabalhador do local. Assim que ele falou ao delegado, Teixeira ficou com as faces cinzentas e se dispôs a seguir o homem, chamando dois policiais para acompanhá-los.

— Aurélia e juiz Queiroz, se me dão licença, preciso falar com uma pessoa — disse Tereza.

Saiu antes que a mulher reagisse. Pegou a sombrinha escorada em uma cadeira, largou a taça na primeira mesa pela qual passou e em segundos estava ao lado de Teixeira.

— Aconteceu alguma coisa, delegado?

O homem suspirou exasperado, mas continuou caminhando.

— Madame Floresta, por favor, estamos trabalhando.

— Eu também.

Novo suspiro.

— É um trabalho da polícia — rosnou ele.

— Meu trabalho é do interesse da polícia.

Ele parou e se colocou em frente a ela.

— Peço, Madame, por obséquio, que se mantenha junto aos outros convidados e deixe a questão para os profissionais.

— Sou uma profissional, delegado. — Assumiu uma postura dura e séria. — É um assassinato? Encontraram algum corpo?

O homem ficou ainda mais cinzento.

— Como sabe?

— Como eu disse, delegado: estou aqui a trabalho.

Logo atrás de Teixeira estava o trêmulo operário que o havia chamado e dois policiais à paisana. Os três trocaram olhares tão incomodados quanto o do chefe.

— Posso saber exatamente o que está investigando, Madame Floresta?

Tereza não se intimidou com a pergunta feita por entre os dentes.

— Desaparecimentos, possíveis assassinatos, durante o período que compreende a construção deste monumento financiado pelo Barão do Desterro.

— Não houve desaparecimento nenhum! — O homem lançou gotas de saliva e precisou pegar um lenço. — Eu saberia.

— Não houve? — A voz rouca e profunda de Maria Tereza ficava perigosa quando ela sabia ter razão. — Eu tenho uma lista de nomes, delegado. Se me der conta de onde estão os donos desses nomes, eu paro de fazer perguntas incômodas e posso até não falar com a imprensa.

O homem afrouxou o colarinho e levou o lenço ao pescoço para secar o suor.

— Não há como estabelecer relação...

— Ah, pelo amor de Madalena, estamos conversando demais e a cena do crime está esfriando — reclamou Tereza —, vamos!

Um dos policiais não a deixou ultrapassá-los, como era sua intenção, e a segurou pelo braço. A raiva borbulhou nela.

— Quer que eu grite, delegado Teixeira? Eu posso gritar. E alto. Seria interessante saber como o Barão reagiria se nós acabássemos com o seu festejo.

Ela podia ouvir os dentes do homem rangerem.

— Solte-a — ordenou. — Vamos! Mas a senhora, por favor, comporte-se.

— Continua perdendo tempo, delegado.

Sem responder, ele ordenou ao funcionário nervoso que prosseguisse em frente e o homem os guiou até a sala de máquinas. Era desse local que se geria toda a força automotiva e elétrica do Corcovado, as luzes, o trem e tudo mais.

O lugar ficava parcialmente encoberto por árvores com a óbvia intenção de não prejudicar de nenhuma forma a vista, disfarçando os fios e as imensas bobinas de cabos. O funcionário os conduziu através da porta principal. Eles passaram por uma sala com duas mesas de controle, cheias de botões e alavancas, e outra equipada com rádio, telefone e um alarme ligado diretamente com a central de polícia mais próxima.

Até agora, tal comando nunca fora acionado.

— Por aqui — gaguejou o funcionário, apontando uma porta.

— Aonde leva? — perguntou Teixeira.

— Depósitos e almoxarifado. É tudo subterrâneo.

— Certo. Você — disse apontando a um dos seus homens —, guarde a entrada. O outro desce comigo. Vá em frente — ordenou ao funcionário.

Mesmo sem ser mencionada, Maria Tereza os seguiu. No fim da escada, um enorme depósito demonstrava o quanto o morro do Corcovado tinha sido cavado longe do olhar dos cidadãos do Rio de Janeiro.

O depósito era enorme, estendendo-se até perder de vista, com uma altura que deveria chegar a uns oito metros. Estavam na sala do almoxarifado, limpo e organizado, enquanto outros cômodos laterais se alinhavam em direção à escuridão.

Seguiram em direção a um homem sentado, cabisbaixo, num caixote de madeira. Maria Tereza avaliou-o rapidamente: estatura média, na casa dos quarenta anos, a barriga principiando a aparecer sob o colete. Olhava para o chão, escorando os braços nas coxas. Estava bem vestido, mas não se preocupara em erguer o monóculo que se sustentava sobre a barba de estilo imperial, muito bem aparada.

O delegado se adiantou.

— Doutor Moresco?

Maria Tereza imediatamente reconheceu o nome. Aparecera nos jornais. Era o engenheiro brasileiro que desenvolvera o projeto junto com os franceses e fizera a ligação destes com os operários. Um dos homens de confiança do Barão na criação de máquinas para o seu misterioso empreendimento.

O homem ergueu a cabeça. Tinha um ar transtornado.

— Delegado Teixeira... que bom. Eu, eu realmente não sei o que aconteceu. Pedro me chamou e eu vim conferir, então a porta de pedra se fechou e só pude ouvir os gritos... aí, eu tentei abrir, mas ele já estava morto.

— Doutor Moresco — o delegado se aproximou dele e mandou o policial verificar à frente —, parece-me alterado. Não compreendi sua história.

O policial voltou.

— Delegado, tem um buraco ali adiante, parece que com um tipo de porta oculta na parede.

— Sim — interrompeu Moresco —, eu não sabia dessa porta. Ninguém sabia. Estava na parede. Aí, o rapaz do controle do trem a achou e me chamou para ver.

— Tem um cadáver todo furado ali adiante — informou o policial.

Moresco mexeu a cabeça para cima e para baixo.

— Ele entrou na minha frente e o mecanismo da porta fechou. Quando eu abri...

— O homem está em choque, delegado — disse Maria Tereza. — Não espere muita coerência dele.

Ela também não esperou coerência do delegado e foi ver o que o policial informara. Uma parte da parede de metal, que revestia a sala escavada na pedra, se movera para o lado. Ela olhou rapidamente a junção e vislumbrou o mecanismo que movimentava a parede, ocultando uma espécie de alcova sem qualquer sinal de janela ou iluminação. Depois, viu o cadáver estirado.

Teixeira chegou atropelando-a e tentando forçar a entrada na sala. Tereza colocou o braço na sua frente com o punho fechado.

— Tem certeza de que vai entrar aí?

Apontou a sala escura, em que não havia janelas e que recendia a um cheiro forte, ao mesmo tempo acre e adocicado. Em ato contínuo, Tereza ergueu a sombrinha e mexeu-a dentro da sala. Um barulho de múltiplos sopros chegou a eles. Ela puxou a sombrinha e a mesma apareceu cheia de pequenas setas, semelhantes a espinhos.

— O que é isso? — o delegado perguntava mais a si mesmo, porém, ainda assim, ela respondeu.

— Não sou especialista, mas parecem dardos envenenados.

— Certo — rosnou ele. A contrariedade disfarçava o incômodo de quase ter sido atingido, não fosse pela detetive. — Puxem o corpo com cuidado — ordenou ao funcionário e ao policial. — Como se chamava esse coitado? — perguntou ao funcionário.

— Pedro Flores, senhor — respondeu o funcionário.

— Tinha família?

— Até onde sei, só uma amásia, senhor.

— Certo.

Maria Tereza observou a operação com o canto dos olhos. Parte de sua atenção estava na pequena seta que ela tirara de sua sombrinha e agora girava diante dos olhos.

— O senhor sabe desmanchar esse mecanismo? — perguntou o delegado a Moresco.

— Como é?! O senhor não me entendeu... há alguns instantes eu sequer sabia da existência dessa sala.

— Merda! Precisaremos de alguém que... — pensou Teixeira em voz alta.

— Entenda de mecanismos e engenhocas de modo que possamos entrar na sala para investigá-la — completou Maria Tereza, com ar de inocência.

O delegado voltou a secar o suor com seu lenço, a irritação palpável.

— Teremos de esperar que a Intendência designe um perito e...

— E deixar o provável assassino escapar? Eu tenho um especialista, delegado. E tenho outro associado que pode investigar o veneno da seta e colocar um pouco de luz na sala fétida que o senhor tem de investigar. Seu pessoal pode fazer tudo isso?

Maria Tereza deixou a pausa retórica se alongar.

Se havia alguma engrenagem realmente funcionando era a do cérebro de Teixeira, pesando os prós e contras em permitir que a Guanabara Real se envolvesse. Mas eles já estavam envolvidos e, se dependesse da burocracia, esperaria dias, talvez semanas para conseguir alguém como Firmino Boaventura e, provavelmente, não seria alguém tão competente. E demoraria mais, bem mais, para que conseguisse um especialista em eventos singulares como Remy Rudá.

— Ela tem razão, chefe — disse o policial.

O homem negou com a cabeça por alguns instantes, então, capitulou e fez um gesto afirmativo para Maria Tereza. Ela saiu dali o mais rápido que pode. Queria ouvir toda a conversa com o engenheiro e inspecionar o cadáver ela própria. Antes, porém, precisava de Firmino e Remy e de um lugar com menos interferência para usar o teskie. Tratava-se de um comunicador de ondas téslicas, criado por Firmino, e que lhe permitia passar mensagens em código. Os dois entrariam no morro com o auxílio de Lancelote da Silva, que já os conhecia.

Ela chegou com rapidez à esplanada, onde a música da festa fora interrompida para a tão esperada cerimônia inaugural. Barata Ribeiro, o intendente do Distrito Federal, discursava auxiliado por um megafone, proclamando as excelências do Barão do Desterro para a cidade do Rio de Janeiro e para o Brasil.

Maria Tereza não tinha tempo para isso. Correu até seu jovem amigo em roupas de garçom e lhe pediu que conduzisse Firmino e Remy, assim que chegassem, à sala das máquinas. Em seguida, enviou a mensagem aos dois associados.

Já estava voltando quando a voz do Barão do Desterro entrou no megafone e ela, sem raciocinar, voltou-se para vê-lo. Era um homem alto e magro, jovial nos seus quase cinquenta anos. Vestia uma roupa de gala sóbria e adequada, nem um pouco extravagante. A barba bem aparada e os longos cabelos escuros, com poucos fios grisalhos e amarrados por uma fita de veludo, davam-lhe um aspecto confiante e discreto. A voz profunda tinha um quê indefinível que, por uma fração de segundo, moveu algo nas entranhas de Maria Tereza.

— Senhoras e senhores, meus amigos e incentivadores, não sou um homem de palavras, mas de ação. O que entrego hoje à cidade do Rio de Janeiro é uma prova do quanto podem os seres humanos quando empenhados num projeto comum. Do quanto somos capazes com nossos maquinários modernos, tão sagrados e abençoados quanto seus criadores. Pensando no povo trabalhador, inventivo e piedoso que é o brasileiro, quero que a população carioca se contemple e se maravilhe no que ofereço a essa cidade. Sem mais delongas, eu vos dou o marco que alterará nosso horizonte pelas décadas e séculos à frente!

O homem fez um gesto para o Intendente e ambos puxaram as cordas que ali estavam simbolicamente. Os longos panos inaugurais foram puxados por uma máquina instalada junto ao pedestal e, ao caírem, finalmente revelaram uma estátua impressionante.

Era descomunal e chocante nos seus trinta e oito metros de altura. Fruto de uma engenharia avançada até para os padrões europeus.

Com os braços abertos, a figura longilínea, de barbas e cabelos longos, contemplava carinhosamente o Rio de Janeiro aos seus pés.

Os "ohs" foram logo abafados por fortes aplausos.

A estátua construída com a imagem do Barão do Desterro parecia sorrir.

CAPÍTULO 2

FIRMINO

Rio de Janeiro, 15 de julho de 1892.

Planaereo em direção ao Corcovado, 18 horas.

Firmino Boaventura franziu o cenho, arrancando o papel em que vinha impressa a mensagem em código, enviada por Maria Tereza via teskie, e a releu.

O vagão do planaereo seguia margeando São Christóvão, deixando para trás o Cemitério do Carmo e atravessando o centro da Villa Guarany antes de desaguar no entroncamento principal da reformada Central do Brasil.

A mensagem enviada por Maria Tereza era preocupante, mas tinha que admitir que pouca coisa não lhe causava essa sensação naquele fim de século. No entanto, até para uma agência acostumada a se envolver em casos peculiares, as informações preliminares enviadas pelo teskie pareciam por demais fantasiosas: uma alcova secreta? Dardos envenenados? Portas que se abrem em rochas sólidas?

Firmino suspirou fundo. A noite prometia ser "memorável".

Enquanto seus olhos focavam o papel taquigrafado, sentia o peso dos olhares dos demais passageiros. Alguns disfarçavam o mal-estar, mas muitos miravam-no obviamente contrafeitos.

O bilheteiro, que viajava em pé, com cara de quem gostaria de estar em qualquer outro vagão, desdobrava-se em explicações aos passageiros. Era o progresso, respondia ele, enquanto atentava ao rangido das engrenagens de sua mão mecânica e para a cor de sua pele. O dinheiro dele era tão bom quanto o de qualquer outro e o patrão o demitiria se não o recebesse. Era a Lei e a companhia teria problemas se não dispensasse um tratamento mínimo aos novos cidadãos.

Firmino ajeitou a luva na mão direita. Era um gesto automático e ele se irritou. Ao esconder as engrenagens, parecia estar dando vazão aos sentimentos alheios, reforçando a tese do seu não pertencimento àquele lugar.

Através dos goggles, encarou o bilheteiro com altivez. A mensagem era silenciosa, mas absolutamente clara: não devia explicações aos passageiros, aos funcionários do planaereo ou a quem quer que fosse!

Riu silenciosamente de si mesmo, perguntando-se quantas vezes teria que ouvir a própria mentira para que se convencesse dela. Afinal, sussurrava-lhe a voz interna, não estava na imperialista Europa, onde poderia frequentar livremente as casas de shows, espetáculos ou cafés, porque interessava que os filhos dos colonizados proclamassem as maravilhas do modelo de civilização. Não, estava em sua "casa", seu país. E, na recém-fundada República Brasileira, a Lei ainda não modificara os costumes arraigados na sociedade.

Com um gesto ríspido, balançou a cabeça e voltou a se concentrar no sacolejo do planaereo, que seguia rápido pela linha elevada. Seu olhar crítico encontrava pequenas discrepâncias na rota do trem que seguia pelo elevado de colunas de pedra e calcário, onde as curvas e aclives lançavam os passageiros levemente de um lado para o outro. Para os cariocas, recém-apresentados ao planaereo, tais desconfortos mal eram sentidos, mas os desvios de projeto eram imperdoáveis para um engenheiro como ele.

Uma pequena mudança no ângulo da curva da Rua Francisco Eugênio, uma descida menos brusca na Estação Santo Cristo, uma calibragem fina nos motores Horse-Watt, que impulsionavam o comboio, enfim... medidas simples que poupariam os usuários de eventuais desconfortos.

Engoliu em seco, remoendo o mal-estar. Gostaria de ter trabalhado no projeto do planaereo, mas esta era apenas mais uma das várias frustrações após seu retorno da França.

O trem contornou o Morro de São Diogo e fez uma curva para chegar na Central do Brasil. Fumaça escapava das chaminés e, por um momento, o vagão foi inteiramente coberto pela fuligem. À fumaça acumulada pelo afluxo de locomotivas se somava às das duas caldeiras instaladas no prédio para controlar os relógios a vapor que regulavam as chegadas e partidas.

Cinco minutos depois, o planaereo seguiu viagem, deixando a estação para trás, atravessando o Aterro e os Arcos da Lapa até alcançar a bifurcação recém-inaugurada em Botafogo. Esta levava parte dos vagões do planaereo por cima da Rua São Clemente até o sopé do morro do Corcovado.

Firmino se endireitou na poltrona e mirou a janela, redobrando a atenção. Não tivera a oportunidade de visitar o lugar desde que o trem do Corcovado fora reformulado, mas, mesmo a distância, era possível notar a cuidadosa obra de engenharia envolvida na sua construção.

Voltou a se concentrar na rota, enxergando a cidade passar rapidamente aos seus pés. Mesmo com suas imperfeições técnicas, precisava dar o braço a torcer ao Barão do Desterro e à sua equipe pela façanha de ter projetado e construído a linha em solo nacional. Seus engenheiros franceses não tinham a precisão alemã ou a eficiência inglesa, mas, ainda assim, a obra era digna de nota e representava um marco na cidade.

Desceu do vagão e se aproximou. Os convidados já estavam todos no alto do Corcovado, mas ainda reinava uma atmosfera caótica no solo, onde carruagens e charretes disputavam espaço. Retardatários atravessavam a rua com desenvoltura, avançando a passos largos, enquanto o populacho — mantido a distância por uma barreira de policiais perfilados — esforçava-se para reconhecer uma ou outra autoridade ou os distintos, apesar de indecorosos, membros do teatro de variedades.

Pensou consigo mesmo que fizera bem em optar pelo trem e deixar na sede da agência o carro-caldeira, que certamente chamaria a atenção daquela gente, talvez até mais que sua mão mecânica.

Firmino atravessou a multidão, carregando a pesada valise de couro e enfiando a cabeça mais fundo no chapéu. O porteiro, conhecido de Maria Tereza, abriu a passagem de acesso à estação assim que o viu e o cumprimentou com um leve toque no quepe. Ao chegar no prédio neobarroco, construído como base terrestre do Trem do Corcovado, mostrou a insígnia de detetive ao condutor, que a examinou com algum receio e lhe deu passagem.

Firmino engoliu seco. Não gostou da reticência do condutor. Estava ali a trabalho, ora bolas, não para festa! Sentou-se contrafeito e respirou fundo. As caras feias do homem — que devia estar se achando muito importante ao comandar o "Trem do Barão" — não eram suficientes para que se incomodasse, mas poderiam ser a gota d'água de um dia pesado.

"Escolha as suas brigas", lembrara-lhe Tereza, por mais de uma vez.

E ela, obviamente, tinha a razão. Apenas... havia dias piores que outros.

Poucos passageiros o acompanharam até o alto. Firmino ajeitou o casaco ao se sentar, cruzando os braços e se recusando a encarar seus companheiros de viagem durante todo o trajeto. A vista realmente era magnífica, se você fosse adepto das belezas naturais. Firmino, que via na viscosidade do óleo propriedades inigualáveis, preferia dispensar sua atenção ao engate que unia o vagão à locomotiva, do que na exuberante mata da região.

Do alto, antes de descer, lançou um último olhar à cidade caótica, parcialmente escondida pela bruma esfumaçada das chaminés que tornava o

Rio de Janeiro a mais importante cidade do hemisfério sul.

Maria Tereza havia deixado instruções bem específicas às sentinelas para que ele pudesse entrar na celebração. Firmino passou por eles e um garçom se aproximou — reconheceu um dos "meninos da MT" e fez um sinal para que o acompanhasse pelas bordas da festa. Enquanto o seguia, Firmino ergueu os olhos para o tal marco, finalmente descerrado dos panos que o ocultavam. Ergueu imediatamente as sobrancelhas.

Esperava uma obra de engenharia impressionante. O que de fato era. Mas jamais tinha imaginado algo tão megalomaníaco. Desceu os olhos para a festa e localizou o Barão do outro do salão, entre vários admiradores. Refestelavam-se em brindar ao exercício narcísico do homem ao criar uma estátua de si próprio.

Apurou os ouvidos. As pessoas da festa se dividiam entre críticas veladas e elogios. A maioria defendia o Barão. Achavam o ato justificado, pois naqueles dias de jovem República, o industrial prometia guiar a sociedade carioca ao futuro do comércio e do maquinário.

O homem tinha toda essa importância, não se poderia negar, mas também uma boa quantidade de mistério. Começara a parecer nos jornais há uns 15 anos como industrial de visão e ousadia. Rapidamente foi eleito o mais provável substituto para o falido Mauá. A elite, que gostava tanto da história do homem que se fez por si próprio, pouco questionou Joaquim Francisco de Souza Marques e seu baronato, concedido pelas melhorias que supostamente trouxera à sua ilha natal, Nossa Senhora do Desterro. O Império, enquanto existiu, nunca negou a honraria.

Agora, ele prometia efetivar seu projeto de reutilização do espaço público ao Rio de Janeiro. Enquanto fitava a estátua que prometia abraçar o mundo, Firmino não percebera a chegada de Maria Tereza.

— Nem vou perguntar o que achou do grande mistério.

Firmino riu para ela e lhe perguntou onde seus serviços eram necessários. MT explicou rapidamente o que havia acontecido e do quanto discordava das forças policiais, que rapidamente indiciaram Moresco como principal suspeito e agora corriam atrás dos engenheiros franceses que já haviam deixado o país.

— E quanto ao Barão e ao festejo?

— Teixeira ordenou a todos manter a discrição. Teme a reação do intendente e dos ricaços se algo estragar a noite do Barão.

Com um gesto, ela dispensou o jovem garçom e levou Firmino a um dos oficiais que aguardava à saída da esplanada para a sala de máquinas. Disse para o homem guiar Firmino ao local do crime.

— Deixo a investigação aos seus cuidados até Remy chegar. Vou continuar por aqui, agora. Quero observar os convidados em busca de pistas.

— Suspeitos?

— Ainda não — disse ela, pegando uma taça de champanhe e indo em direção aos convidados.

Firmino se deixou guiar pelo policial até os depósitos, observando de relance o maquinário circular da base da estátua, construído sobre engrenagens gigantescas de aço.

Ali, em um corredor escavado na própria pedra, encontrou alguns soldados em guarda. Entrou no local, ultrapassando a sala de controle e seguindo em direção à imensa sala do almoxarifado. A jovem oficial que ia à sua frente parou a alguns metros de distância da cena do crime.

— O delegado disse que não era para mexer no corpo enquanto ele não voltasse.

— Não se preocupe — disse ajustando as luvas de couro. — Não alterarei a cena do crime.

O tom bem modulado do palavreado pareceu intimidar a moça que, assentindo com a cabeça, afastou-se para que ele passasse.

Firmino avançou até o corpo da vítima, largando aberta no chão a valise que trazia consigo, deixando seus instrumentos à mão. Fez uma careta de desagrado: a cena do crime já havia sido alterada. Amadores! O cadáver era de um homem moreno, na casa dos seus trinta anos. O rosto e as roupas estavam assolados pelos dardos assassinos. Tomando cuidado para não encostar neles, tateou até chegar à carteira, no bolso interno do uniforme do morto. Firmino a abriu e nela encontrou alguns poucos réis, a identificação da empresa e uma foto do falecido na companhia de uma jovem de compleição magra, com traços sertanejos. Pareciam felizes, com a silhueta do Pão de Açúcar atrás.

O barulho do entra e sai de policiais o fez retornar à sua tarefa. Precisava examinar o corpo de Pedro Flores rapidamente, antes que os lentos e rudes policiais legistas chegassem. A coloração da pele e dos dedos condizia com a hora estimada da morte informada por Maria Tereza no seu breve relato. A expressão no rosto da vítima traduzia dor ou espanto, mas aprendera que isso pouco queria dizer. As pessoas tinham pensamentos estranhos ao morrer. Não era possível ter certeza absoluta.

Examinou rapidamente os dardos — aquela não era a sua especialidade. Pela forma, imaginava que o mecanismo de disparo envolvia algum tipo de ar comprimido, mas só teria certeza quando explorasse a tal alcova.

O resto do exame na vítima não trouxe nenhuma outra novidade. O ideal seria despir o corpo, mas tal intromissão custaria mais do que alguns favores à agência. Voltou-se para o local que provocara a morte do homem.

Firmino gastou um bom tempo examinando a entrada, admirando sua concepção: a placa de metal encaixava perfeitamente na parede, sem frisos, ranhuras ou marcas de qualquer espécie. Seria virtualmente impossível descobrir a sua existência, a não ser por acidente. Talvez, imaginou, o infeliz tenha tropeçado e caído sobre o mecanismo de abertura. Ficara intrigado e chamara o seu superior. No entanto, por que fora ele o primeiro a entrar na alcova?

Colocou a pergunta num canto da mente enquanto testava a fechadura. Era um engenho simples, mas elegante. A porta, após fechada, não poderia ser empurrada, arrastada ou mesmo arrombada — ele calculou que seria necessária a força de pelo menos duas bananas de dinamite para explodi-la, estratégia inviável dentro do complexo escavado na pedra. Apenas a pressão no local adequado destravava o sistema, permitindo que a porta deslizasse com um clique suave.

Com a sombrinha que Maria Tereza deixara no local, avançou para dentro do recinto, recebendo uma nova leva de dardos. Afastou-se da entrada e contou vinte e duas setas cravadas em diversos pontos do objeto. Entrou por mais duas vezes até que o mecanismo oculto girasse no vazio, como ele já supunha.

Eliminando este pequeno contratempo, voltou-se aos problemas mais específicos. Para adentrar o interior escuro da alcova, acendeu uma lâmpada galvânica que trazia em sua valise. Não costumava duvidar da chefe, e a mensagem taquigrafada narrava um cenário macabro dentro de um quarto escondido, todo pintado de preto, no interior do mais recente e, logo, importante complexo tecnológico do país.

Desde que passara a trabalhar na agência, há pouco mais de dois anos, vira muita coisa estranha. Maria Tereza era seduzida por casos que outras agências não estavam interessadas. Ele já enfrentara uma assassina em série, ajudara a colocar atrás das grades uma seita que proclamava o incesto e a pedofilia como forma definitiva do amor supremo e desmascarara o maníaco açougueiro do Parque da Boa Vista. Aquele caso ainda lhe trazia arrepios. Os olhos avermelhados do facínora, enquanto o seu pescoço era quebrado na forca republicana, ainda o perseguiam em noites mal dormidas.

E, por mais absurda que fosse, a informação taquígrafa era exata. A tal alcova escura existia, realmente, e um homem fora morto dentro dela. O chefe, chamado para inspecionar, deixara o funcionário ir à frente. Não era de se admirar que a polícia prendera o senhor Moresco. E Maria Tereza parecia convencida de sua inocência.

Seria um caso interessante, sem dúvida. O quarto pequeno e escuro, uma alcova de paredes lisas, parecia não ter propósito algum, senão o de depósito para utensílios. Mas se este era o caso, por que o acesso escondido? E a arma preparada para abater invasores? O que havia de precioso ali para ser preservado de olhares e presenças externas?

Pelo ângulo dos dardos, imaginava que a arma deveria estar escondida na parede oposta à porta, mas, mesmo com um exame detalhado e minucioso, nada encontrou. Não havia um mísero buraco ou reentrância que pudesse esconder o cano de disparo de qualquer tipo de arma que ele imaginasse. Virou-se para a porta. A tecnologia utilizada ali poderia explicar esse pequeno enigma.

Com aquilo em mente, Firmino utilizou uma fita métrica para medir cuidadosamente as dimensões do quarto. A alcova sombria parecia um cubo perfeito de três metros de aresta. No entanto, havia algo errado. Passeou pelo quarto, andando de um lado para o outro, sem conseguir se livrar daquele sentimento, sem encontrar um motivo real para o mesmo.

Resolveu repetir as medidas, escolhendo o canto oposto à entrada. Descobriu, sem grande surpresa, que o lado era ligeiramente menor. Na verdade, as arestas da parede oposta à porta tinham exatos 2,90 m. A câmara não era um cubo perfeito, mas um poliedro irregular.

Conhecia o suficiente do serviço dos obreiros da cidade para saber que aquele não fora um erro eventual. Uma leve discrepância em um dos lados não seria incomum, mas a diminuição era perfeita. Aquilo tinha um propósito, mas ele não sabia qual. Franziu a testa. Aquele era o seu território. Os números. Os cálculos. A engenharia física, sólida e bem construída, pela qual as nações se erguiam. Se havia um propósito, ele deveria saber. Era a sua função inferir o porquê daquilo.

Vasculhou a valise atrás de uma máquina ferrótipa de papel albuminado, posicionando-a no centro da câmara. Remy já devia estar chegando e era melhor ele terminar o seu trabalho o quanto antes. Não suportaria ver o místico invadir o local com seu olhar superior, enquanto passava as mãos pelas paredes, colhendo “vibrações”. Não entendia como Maria Tereza tolerava aquele embusteiro.

Ao encontrar o aparelho, voltou a se concentrar no próprio trabalho. Normalmente, ele preferia trabalhar com uma daguerrótipa de negativo de vidro, muito mais pesada, mas com qualidade de definição bem melhor. Mas a velocidade exigida pelas condições peculiares do descobrimento do corpo o fez optar pela câmera de disparos automáticos, que ele trazia sempre consigo e que lhe permitiria revelar ali mesmo suas imagens fotomagnéticas.

Acoplou uma lâmpada de espoque ao sistema e disparou. Depois, retirou a chapa e a mergulhou na caixa de revelação, inseriu uma nova chapa, trocou o filtro, acoplou uma nova lâmpada e voltou a disparar. Repetiu o processo diversas vezes, adotando o sistema de análise de Jean Bernard Foucault, que ele adaptara dos seus estudos sobre os fotogramas físicos. Firmino passara semanas testando as mais diversas tintas em seu laboratório, desenvolvendo filtros de vidro que poderiam detectar fenômenos diversos.

Por azar, em um deles, Remy estava presente.

Na ocasião, havia uma bateria Kirlian ao lado da câmera e Firmino retratava um cachorrinho. A foto apresentou emanações que pareciam escapar do corpo do animal, o que foi o suficiente para que Remy o brindasse com uma longa e cansativa explicação sobre almas corpóreas e extracorpóreas. Depois disso, o místico foi proibido de entrar no laboratório, construído nos fundos da Agência Guanabara Real.

Após tirar a última fotoimagem da alcova, foi preciso aguardar ainda uns dez minutos para que o processo de revelação finalizasse por completo. Consultando o cronômetro de bolso de tempos em tempos, Firmino esperou, impaciente, até que os ponteiros alcançassem a marca e, enfim, pudesse retirar as chapas da caixa.

As primeiras fotoimagens não mostraram nada demais. A parede de concreto era lisa e a tinta escura cobria cada centímetro do recinto. Mas, ao revelar a fotografia emulsionada por um filtro violeta, a surpresa.

A superfície das paredes não era lisa, afinal. Centenas de arabescos preenchiam cada centímetro da estrutura, incluindo o teto e o chão. Eram desenhos intrincados, repletos de símbolos, hieróglifos e marcas estranhas. E a revelação pela luz violeta tornava inegável o tipo de tinta utilizada naqueles desenhos.

Sangue.

— Remy vai adorar isso aqui... — resmungou.

Naquele momento, um homem volumoso e de vastos bigodes abriu a porta. Seu semblante raivoso passou da figura de Firmino para a guarda na porta. Com um dedo em riste, ele xingou o soldado:

— O que diabos um negro está fazendo aqui?!

CAPÍTULO 3
REMY

Rio de Janeiro, 15 de julho de 1892.

Cosme Velho, 19 horas.

A elegância era uma flor rara e exótica.

Pena que tão poucos a cultivavam, pensou Remy Rudá, ao observar Firmino avançando contra um obeso inspetor de polícia. Pelo visto, aquela seria uma longa noite.

Tudo começara duas horas antes, quando ainda estava no sobrado decadente que havia comprado de um velho conhecido a módico preço. Naqueles tempos de infindas modernidades, quem se importaria com um antigo mausoléu, senão Remy? Dândi invertido, ocultista astucioso e pervertido abjeto, eram os títulos mais comuns que recebia. Ele via a si mesmo de outro modo, sabendo que aqueles chavões pouco ou nada diziam sobre si.

Ao repousar a taça de vinho branco na mesa de mogno delicadamente entalhada que marcava o centro da antessala de seu gabinete, buscou no bolso interno do roupão o teskie. Intuindo a gravidade da situação nas entrelinhas da mensagem enviada por Maria Tereza, Remy alterou seus planos noturnos, o que o atrasaria para um festejo de máscaras na malfadada região de Babilônia.

Não considerava Tereza sua chefe, uma vez que poucas pessoas o conheciam tão bem e lhe inspiravam tamanha confiança. Como ele próprio, ela era uma sobrevivente da selva, uma domadora de feras de inteligência arguta e rápida, além de possuidora de um estilo elegante e particular, qualidades raras e caras a um esteta como ele. Pena que o mesmo não se aplicava ao outro associado.

Por mais que o pedido fosse urgente, parou à frente do espelho por alguns instantes, como sempre fazia antes de sair de seu covil. Magro e de altura mediana, tinha naquele momento trinta e dois anos, apesar de aparentar menos. Sua ascendência indígena lhe garantira a pele morena, o rosto sem pelos, cabelos lisos deixados longos e grandes olhos escuros, margeados de cílios espessos. Para completar sua aparência, prendeu os cabelos com um pequeno grampo de ouro e rubi, e pintou os olhos escuros.

Não surpreendia que a populaça o nomeasse de efeminado.

Após deitar os olhos na figura do espelho, emoldurado por arabescos florais dourados, conferiu sua vestimenta. Usava um traje de linho branco, sobre um colete bordado a ouro, que combinava com o prendedor metálico atrelado à gravata. Nos dedos os anéis que mais adorava e no bolso do colete, o relógio de prata que, além de medir os segundos e minutos, escondia também substâncias ilícitas. Alocadas no compartimento secreto, algumas delas levavam à morte ou à pura dormência. Já outras, a místicas visões e a prazerosos torpores.

Ignorando a fome de sua felina, deitada no tapete oriental que ornava a sala de visitas revestida de pesados cortinados, Remy saiu para a noite.

Ao invés de chamar uma carruagem, preferiu caminhar até o trem do Corcovado.

Enquanto flanava pelas movimentadas vielas, revisou seu histórico com a agência administrada por Maria Tereza. Numa metrópole como o Rio de Janeiro, muitos eram os crimes que atormentavam a polícia da Nova República, fazendo investigadores particulares se multiplicarem. Obviamente, boa parte desses era medíocre, quando não inapta ou criminosa.

No caso de Tereza, sua inteligência foi unir o conhecimento mecanicista de Firmino aos talentos arcanos de Remy. Sobre o engenheiro, o dândi não ignorava sua eficiência, mas estranhava sua regular grosseria. Remy, que tinha uma predileção especial por espezinhar positivistas e escandalizar moralistas, adorava irritá-lo, muitas vezes misturando informações místicas verídicas com tolices esotéricas apregoadas nos periódicos semanais.

Mas não era apenas isso.

Seus gostos peculiares em assuntos que iam desde bebidas sofisticadas, orgias inimagináveis, livros proibidos e jornadas astrais, até a fingida superioridade de gestos, expressões e olhares, para não falar de seus incomuns interesses afetivos, ofendiam a limitada visão existencial de Firmino. Em resumo, apenas Tereza conseguiria fazer dois seres tão singulares e ao mesmo tempo tão diferentes um do outro interagirem e, ainda mais, unirem esforços em investigações com o mesmo objetivo.

Ao tomar o trem, Remy esvaziou a mente dessas ideias e deixou sua atenção se voltar à bela paisagem, vez ou outra entrecruzada pelo arvoredo do Corcovado. Contemplou a cidade que ardia em iluminação moderna até que sua atenção foi desviada pela estátua gigante recém-inaugurada.

Para sua tristeza, a bela paisagem do Corcovado era agora conspurcada por uma grosseria monolítica que reproduzia a figura de um dos maiores políticos e comerciantes que aquela cidade já havia visto. Como morador do Cosme Velho, Remy adorava a vista do morro e era um de seus visitantes mais frequentes. Muitas de suas jornadas astrais mais intensas partiram dali, quando projetava sua consciência para longe, deixando o corpo para trás.

Há mais de um ano, porém, a região virou propriedade particular do renomado Barão do Desterro e começou a receber atenção de todos os moradores do Rio de Janeiro pela construção que prosseguia, cercada de mistério e barulhos infernais, de elevadores vaporíferos e escavadoras com dentes de aço. Tal segredo só poderia indicar uma ideia medonha.

Agora, se revelava ao conhecimento de todos que o objetivo do empreendimento era homenagear um renomado produtor de café, que fizera fortuna com sangue preto e indígena. No presente, porém, tal figura divertia a populaça carioca com risíveis demonstrações de caridade.

Para Remy, a figura do Barão sempre fora suspeita. E agora, esta mesma figura estaria ali, à vista de todos os moradores e visitantes da Baía de Guanabara, com pétreos braços abertos como um paternal salvador. Remy fechou os olhos, pedindo aos seus orixás particulares que o brindassem com imagens melhores.

Ao deixar o trem e passar pelo festejo que continuava, como se nada houvesse acontecido, ele rapidamente encontrou Maria Tereza. Estava entretida com um grupo de homens que não apenas se ressentiam de sua presença, como também temiam pelo que ela pudesse descobrir ali. Com elegância e sem deixar de conversar com os inspetores públicos, Maria Tereza indicou com a cabeça por onde ele deveria seguir.

Um jovem garçom se aproximou e pediu que ele o acompanhasse. À borda do festejo, lhe deu as direções precisas para descer a escadaria que levava às entranhas do morro. Surpreendeu-se pouco em, ao chegar ao lugar indicado, encontrar Firmino atacando com violência um gordo bigodudo.

— Repita o que você disse! — gritava ele enquanto outros dois policiais tentavam acalmá-lo, um deles segurando seu punho em riste.

Remy respirou fundo e fez sua entrada:

— Por favor, senhores, isso são maneiras de cavalheiros resolverem suas diferenças?

Firmino rapidamente soltou o colarinho do homem, recompondo-se.

— Ele me deve uma retratação — disse Firmino, arrumando o colete amarrotado.

— São vocês que me devem uma explicação! Sei que os tempos são outros, mas como diabos um... um...

— Um o quê, inspetor Marques? — questionou Remy.

— Um homem dessa raça conseguiu acesso à cena de um crime desses... Como o senhor sabe meu nome? — replicou o policial.

— Eu sei de muitas coisas, inspetor. E penso que o senhor deve um pedido de desculpas a este doutor que está à sua frente, talvez um dos mais inteligentes homens de nossa capital.

— Um doutor? Este homem é um doutor?! Eu me nego a dar qualquer coisa a esse...

— Inspetor Marques, devo lembrá-lo dos eventos da noite passada? — disse Remy, apoiando a bengala no braço e retirando a luva da mão direita, sem deixar de fitar o rosto pasmo do policial.

— Hã?! Como assim? Como sabe da noite passada?

— Como eu disse, eu sei de muitas coisas. Algumas delas, o senhor nem imagina. Quanto a outras, penso que a senhora Marques adoraria saber. Estou enganado? Neste caso, inspetor, por favor, peça desculpas ao doutor Firmino e então poderemos finalmente tratar dos assuntos que requerem nossa especialidade — completou Remy, retirando seu relógio do bolso enquanto aguardava.

O policial arrumou a calça apertada na cintura protuberante e também a gravata que havia sido desarrumada por Firmino.

— Desculpe-me, senhor — disse por fim, bufando.

Firmino olhou o policial com desdém, mas assentiu.

— Muito bem, senhores, agora que resolvemos essa altercação, o que temos aqui? — perguntou Remy, indo até o fundo do imenso almoxarifado.

Firmino explicou rapidamente o que havia descoberto, enquanto Marques fingia estar prestando atenção, ignorando o corpo estirado no chão. Possivelmente, estava ali a mando do delegado Teixeira, que não o havia informado sobre quem era o doutor perito.

— O corpo foi atingido por vários dardos como este.

Remy retirou do paletó um lenço de seda e tomou o filete de madeira das mãos de Firmino. Levou o dardo perto das narinas e fez o objeto passar por elas três vezes, enquanto ia produzindo seu diagnóstico.

— Amônia... usada para intensificar o efeito de determinadas toxinas naturais... mesclada a um perfume bem raro, não encontrado em nossa flora brasileira. Eu sugeriria o Kalmia latifolia, conhecida como Louro da

Montanha, encontrada especialmente na América do Norte. Mas esse não é um veneno tão potente...

— E o senhor é especialista em quê? Botânica? — perguntou Marques.

— Não, inspetor — o tom de Remy oscilava entre a obviedade e o enfado —, eu sou um estudioso do oculto, um místico profissional, um prognosticador de segredos ancestrais, um analista de visões futuras. Um mago, se preferir, sem relação alguma com a profissão de mágico ilusionista. É preciso separar as duas coisas. Além disso, sou especialista em técnicas tântricas que o senhor nem suspeitaria existirem.

— Isso só pode ser piada — esbravejou o homem, cujos bigodes voltaram a tremer sobre os lábios finos.

— E este dardo, parece ser piada, inspetor? — Remy levou a lâmina envenenada em direção a ele, que recuou. — O senhor pode nos auxiliar numa tarefa muito importante? Por favor, informe a Madame Floresta, que está na soirée do Barão, que já estamos prontos para ela.

O homem saiu, contrariado.

— Eu perdoo os ignorantes. Quanto aos estúpidos instruídos, nunca — disse Remy, referindo-se ao homem que acabava de sair.

— Você e seus truques baratos — disse Firmino. — Usou telepatia?

Remy estudou o engenheiro por alguns instantes e então suspirou.

— É claro que não. Apenas uso meus poderes mentais quando realmente são necessários. Com aquele imbecil, apenas um pouco de esperteza e observação.

— O que você quer dizer? — Firmino deu dois passos em direção a Remy, esquecendo-se de onde estava e do porquê.

— O nome dele eu escutei ao passar pelos guardas que estavam lá fora. E mesmo que não o tivesse escutado, seu uniforme está bordado numa escrita feminina, para eventuais perdas. Com isso, o endereço dele será fácil de conseguir, caso deseje uma pequena e divertida vingança pessoal. — Remy fez uma pausa, aguardando alguma resposta de Firmino. Por fim, suspirou e continuou. — Não? Que pena. Quanto aos "misteriosos eventos da noite passada", o sujeito tem uma aliança apertada no dedo gordo e uma vermelhidão no pescoço que dificilmente seria obra da senhora Marques. Você não reparou?

— Seu larápio — disse Firmino, voltando a olhar para o defunto.

— De nada, Firmino — falou, colocando a cabeça para dentro da alcova e estudando o recinto. Além do cheiro de veneno, o fedor de sangue e suor ardia em suas narinas. — De onde esses dardos foram lançados?

— Pela direção, eu sugeriria aquele ponto — apontou Firmino, seguindo o associado —, mas não tenho como averiguar isso neste momento, não com esta iluminação e não com este entra e sai. Vou deixar que os policiais sofram um pouco para encontrarem respostas — respondeu Firmino, ao que Remy concordou.

— Deixe-me ver as fotografias que você tirou — pediu.

Remy segurou as imagens reveladas, vendo nelas uma série de signos rituais inscritos em sangue, numa cacofonia que ora aludia ao esoterismo tradicional, ora aos símbolos comuns dos tomos cristãos medievais, passando por figuras que se encontrariam num harém de bruxaria, homenageando entidades ancestrais. Ainda outras ele encontraria em choupanas, favelas, templos e tendas de ciganos que leem a sorte por alguns réis.

Mas o que tal balbúrdia de simbologias estaria fazendo ali, numa câmara sangrenta em um lugar fortemente guardado e que representava o ápice da engenharia da Nova República?

A quantidade de sangue era incomum, indicando um grande número de vítimas. E Remy apostaria que eram vítimas humanas, pela peculiar doçura que subjazia o cheiro de sangue.

— O que essa iconografia significa, Remy? — perguntou Firmino.

— Um monte de coisas e... ao mesmo tempo, nada. É um amontoado de referências simbólicas a demônios, monstros, criaturas e outras deidades obscuras.

— É tudo mentira, então? — perguntou o engenheiro. — Como eu suspeitava. Uma cortina de fumaça para desviar a atenção do maquinário assassino.

— Eu não iria tão longe. Os signos são verdadeiros e eles podem indicar uma divindade poderosa e antiga. Mas eles também podem ser mera armadilha ou embuste. Por outro lado, ninguém se daria a esse trabalho por uma simples mentira. Há algo que está me escapando...

— Talvez isso — afirmou Firmino, afastando-se dele. — As proporções dessa sala estão erradas. No início, pensei que eram erros de cálculo — disse, gesticulando. — Mas quando vistos em conjunto, signos e ângulos, todos parecem indicar o mesmo ponto. Este! — disse, apontando para uma porção central de uma das paredes e depois entregando a Remy uma última fotografia:

— Aqui, inscrito em sangue antigo, e eu creio ser sangue humano — afiançou Firmino, comprovando a hipótese de Remy —, talvez seja a primeira inscrição de toda a sala.

Remy olhou novamente para a imagem e, diferente das outras, aquela realmente o inquietou. Sorriu para Firmino, elogiando com o olhar a argúcia de seu associado.

— Eu já vi essa imagem antes. Há muito, muito tempo. Trata-se de um símbolo proibido e amaldiçoado, um obscuro sigilo mágico. Poucos o conhecem, mas muitos o temem.

— E o que significa? — questionou Firmino

— Eu preciso ter certeza — disse Remy, colocando o pictograma no bolso interno da sobrecasaca. — Mas garanto que se eu estiver certo, sendo falso ou verdadeiro, nem você nem Tereza gostarão de saber.

— Do que eu não gostarei de saber? — disse Maria Tereza finalmente voltando ao recinto. Os homens silenciaram, nenhum dos dois sabendo qual deveria começar. — Vamos lá, rapazes, me atualizem.

— Sem dúvida, trata-se de um crime tecnológico cuja maquinaria comprova a alta inteligência científica do homicida — respondeu Firmino.

— Eu sugeriria se tratar de um crime ritualístico, cujos signos esotéricos polivalentes indicam um profundo conhecimento arcano e as claras intenções mágicas do assassino — disse Remy, não contendo um sorriso.

— Você está fazendo troça de mim? — perguntou Firmino.

— Eu apostaria em um criminoso que estaria usando uma ou outra técnica como cortina de fumaça, ou então em um suspeito que acredita tanto em ciência quanto em magia — disse Tereza, olhando para um e outro.

— Duvido, os dois saberes são incompatíveis — disse Firmino, cruzando os braços.

— É possível, Maria Tereza — respondeu Remy, agora deixando de lado sua artimanha para irritar o colega e buscando em seu colete o relógio de bolso. — Lamento, mas terei de deixá-los agora. Minha presença é aguardada em Babilônia. Por hora, meus caros, minha conclusão é inconclusa. Para findar minha avaliação, amanhã consultarei um poderoso especialista nesses assuntos.

— Vai visitar um historiador ou ocultista? — perguntou Firmino.

Remy interrompeu seu caminhar em direção à saída do almoxarifado e devolveu aos dois a seguinte informação:

— Meus amigos, se vocês querem conhecer um leão, não devem ir a um zoológico. Devem ir à floresta. Tenham uma boa noite.

Remy deixou o Corcovado com seu andar suave e calmo, não sem reparar que enquanto ele e seus amigos investigavam crimes de assassinato e mistério nas profundezas do morro pétreo, em sua superfície os ricos brindavam à saúde do Barão do Desterro.

CAPÍTULO 4
MARIA TEREZA

Rio de Janeiro, 16 de julho de 1892.

A caminho do Palácio da Polícia, 8 horas.

— O delegado não pareceu muito feliz quando anunciou a ele que iríamos ao Palácio da Polícia nessa manhã — ponderou Firmino.

Maria Tereza e ele estavam sentados no banco de trás de uma carruagem de aluguel e ele havia erguido o vidro da divisória com o motorista para terem mais privacidade.

A detetive demorou a responder. Olhava pela décima vez, com muita atenção, a série de pictogramas produzidos por Firmino.

— É claro que não está — respondeu Maria Tereza sem alterar a postura. — Repita para mim o que Remy falou sobre os símbolos.

— Vai acreditar nas fanfarronices dele?

Tereza já ouvira aquele comentário tantas vezes que já nem os notava mais.

— Vocês dois escolhem no que querem acreditar — respondeu ela, virando uma das fotos do cadáver para observá-la de outro ângulo. — Eu estou interessada em resolver o caso.

A carruagem sacolejou mais forte ao passar por um desnível do calçamento. Firmino o sentiu como um empurrão e começou a falar. Apesar do tom exasperado, ele forneceu um relatório preciso.

— Remy ficou particularmente intrigado com esse símbolo específico. — Firmino pegou as fotos e selecionou a que tinha o material que inquietara o colega.

Maria Tereza guardou silêncio por mais alguns instantes.

— Interessante. Veremos o que ele consegue descobrir. — Ela juntou todas as fotos e entregou-as a Firmino. — Não mostre as fotos que revelam os símbolos para o chefe de polícia e o delegado. E, talvez, seja melhor nem comentar sobre elas.

— Acha que pode atrapalhar nossas investigações?

— Meu caro Firmino — ela comentou enquanto recolocava as luvas. — É bem raro que a polícia goste de casos complicados. Eles significam muito trabalho não pago, horas extras, perigos imprevistos e, principalmente, o risco de acabar com a carreira dos chefes. Não, não. Deixemos o caso simples. Ademais, não sabemos até que ponto a polícia pode estar envolvida.

O homem abriu a pasta e separou as fotos, guardando meticulosamente as que mostravam os estranhos signos em um compartimento oculto. As outras foram colocadas em um envelope sobre as divisórias que separavam papéis e instrumentos.

— A partir da sua avaliação, não devo também mencionar a engenhoca? — questionou com a testa franzida.

— Ao contrário: fale da engenhoca, seja bastante detalhista nisso.

Firmino a encarou com um meio sorriso. Já conhecia Maria Tereza o suficiente.

— O que você tem em mente?

— Mostrar que não há perito com competência igual a sua. Assim sendo, eles serão obrigados a nos chamar em quaisquer outras ocorrências semelhantes. Não se preocupe em ser discreto. Cative a plateia — completou com entusiasmo.

— Está pedindo isso ao associado errado — resmungou Firmino.

Maria Tereza abriu um sorriso largo.

— Estou pedindo que mostre o quanto é brilhante, meu amigo. Não vejo outro por aqui que seja capaz disso.

Firmino sabia que ela usava o tom de voz, a lisonja e o sorriso para conseguir o que queria. Mas também sabia que ela era sincera em sua admiração.

— Foi por isso que insistiu em virmos à sede da Polícia?

— Não exatamente — ela comentou olhando para a movimentação externa da rua. Num gesto raro, conferiu sua imagem em um pequeno espelho tirado da bolsa. Estavam chegando. — Não queria passar tudo o que reunimos ao Teixeira, para depois nem sermos citados como envolvidos na investigação. Não, não. De forma alguma vou facilitar para ele. Além disso, afora os figurões interessados no caso, que certamente visitarão a sede policial, teremos a imprensa para registrar nossa presença.

— A imprensa já sabe que iremos participar da investigação? — admirou-se Firmino.

O carro parou em frente ao prédio alto, no mais clássico estilo Belle Époque, da Avenida Evaristo Veiga. E um flash de fotografia espocou antes mesmo que Maria Tereza abrisse a porta.

— Claro que sim.

— Eles são rápidos, não? — disse Firmino, cobrindo a face com a mão mecânica.

— Eles? Não. Eu, sim — E Maria Tereza desceu do carro sem esperar o auxílio de um cavalheiro, como era seu costume, brindou o fotógrafo do jornal com um sorriso e falou com o repórter.

Não, ela não podia adiantar nada sobre o caso. Sim, havia um corpo, mas ainda era cedo para se falar de assassinato. A Agência de Detetives Guanabara Real estava presente no Corcovado e somente disponibilizaria o seu quadro de especialistas para o uso da polícia. Sim, com toda a certeza, era preciso confiar no trabalho competente do delegado Teixeira.

A entrevista durou o suficiente para que os guardas à entrada do Palácio da Polícia insistissem para que ela e Firmino entrassem, ao invés de tentar barrá-los ou enchê-los de perguntas.

Dentro do saguão de mármore branco, onde um relógio a vapor fumegava, marcando minutos e horas com uma precisão positivista, não foi diferente. Os dois foram conduzidos com urgência à sala do chefe de polícia, onde já se encontrava o delegado Teixeira ao lado de um homem alto, de cabelos louros começando a rarear na fronte. O chefe de polícia Carolino Nunes adiantou-se para recebê-los numa postura impecável, ajeitando os óculos sobre a ponte do nariz.

— Estes são a senhora Maria Tereza Floresta e o doutor Firmino Boaventura — anunciou Teixeira, com o semblante carregado.

Maria Tereza deu um de seus melhores sorrisos ao chefe de polícia. Nunes era conhecido por ser um homem justo, mais interessado na prevenção ao crime que em sua repressão. Um homem que valorizaria trabalhos como o da Agência de Detetives Guanabara Real, para o desgosto de carreiristas como Teixeira. Com essas preocupações, certamente não duraria no cargo, para a tristeza de gente como Maria Tereza e Firmino.

— Já li muito a seu respeito, Madame Floresta — disse ele apertando a mão da detetive com uma pequena mesura.

— Os jornais exageram, doutor Nunes.

— No seu caso, eu duvido — completou ele com gentileza. E se voltou para Firmino, saudando-o e apertando sua mão. — Doutor Boaventura! Conheci seu pai em tempos idos. Sua expertise é muito bem-vinda hoje, com nossa perícia tão lenta.

— Fiz todo o possível para investigar a cena do crime, doutor Nunes.

— Eu sei. Eu sei. Na verdade, ainda gostaria que marcássemos um café para que eu possa convencê-lo a fazer o concurso para a nossa perícia.

Firmino sorriu. Não tinha dúvidas de que o chefe Nunes pensava isso mesmo. Se entendia um pouco do que chamavam de cegueira de cor, o fato de o homem ter conhecido o seu pai, significava que podia vê-lo quase como um branco. No entanto, isso não se estenderia a uma banca de concurso. Além do mais, mesmo que passassem ao largo da cor, seus implantes mecânicos eram uma aberração difícil de ser superada.

— Não faça isso, chefe Nunes — admoestou Tereza com humor. — A Guanabara Real é uma engrenagem muito bem azeitada. Podem nos utilizar, mas nada de roubar nossas peças.

Ela e o Chefe riram. Firmino ficou sem graça. Teixeira fechou a cara mais ainda e pigarreou.

— Ah, sim, claro — disse o chefe Nunes. — Podem me mostrar o que obtiveram em suas investigações?

Firmino pediu licença, colocando sua maleta sobre a mesa do chefe Nunes, que se aproximou com interesse. Maria Tereza ocupou displicente uma das poltronas de couro espalhadas pela ampla sala, cuja decoração oscilava entre um Art Noveau um tanto ultrapassado e o estilo eclético do restante da arquitetura do prédio. Tapetes persas, sofás de chintz e pesadas cortinas adamascadas recendiam a charuto de boa qualidade e, provavelmente, às toneladas de café consumidas ali.

O chefe de polícia e o delegado Teixeira ouviram Firmino com atenção. Ocasionalmente um dos dois fazia perguntas sobre este ou aquele detalhe. Maria Tereza ficou confortável com o fato de Firmino ocultar as suspeitas de Remy. A última coisa que ela queria era que a polícia, em seu afã de perseguição às religiosidades não oficiais, desse início a uma caça às bruxas e acabasse por assustar os criminosos.

Firmino podia desfazer das ideias de Remy, mas Maria Tereza sabia o quão místicas e supersticiosas as pessoas podiam ser e que isso também as levava a matar. Acendeu uma cigarrilha e baforou. Enquanto o ou os assassinos estivessem se sentindo seguros, alguém poderia ser descuidado. Sim, sim, melhor a polícia não saber das coisas estranhas e misteriosas que eles haviam encontrado.

Firmino terminou as explicações e o chefe de polícia ficou longos instantes observando as fotos do cadáver. Por fim, ele se voltou para Maria Tereza.

— Madame Floresta, poderia me dizer para quem está trabalhando nesse momento? — questionou.

— Desculpe, doutor Nunes. Isso é sigilo profissional.

O homem continuou com os olhos pesados nela, mas não insistiu.

— Teixeira me disse que a senhora comentou estar investigando desaparecimentos, possíveis assassinatos. E que teria uma lista de nomes.

— É verdade.

— Eu poderia ter acesso a tal lista?

— Com toda a certeza — respondeu ela. — No entanto...

Sua voz barrou o movimento do delegado, que parecia vir em sua direção para pegar a tal lista.

— No entanto... — instigou o chefe Nunes. — A senhora quer barganhá-la?

— Ora, de forma alguma — objetou Maria Tereza em tom levemente ofendido. — Na verdade, eu gostaria de cruzar a lista que tenho com desaparecimentos notificados aos agrupamentos policiais de todo o Distrito Federal.

— É possível — garantiu o chefe de polícia, fazendo um gesto com a mão para que o delegado Teixeira não interferisse. O homem ficara vermelho com a negociação iniciada por Maria Tereza.

— Excelente! — afirmou ela. — Eu realmente gostaria de saber se a incidência desses "desaparecimentos" aumentou durante os meses da construção do monumento do Corcovado.

— A senhora acha que houve um aumento?

— Nosso contratante acredita que sim. Mas, uma investigação é a melhor forma de se saber isso, não? Penso, chefe Nunes, que podemos colaborar entre nós. Firmino aqui tem uma máquina especial, a qual, alimentada por dados dispersos, pode quantificá-los matematicamente. Se os desaparecimentos são verdadeiros, por que foram ignorados até agora? Não acredita que isso merece a atenção policial?

— Sim acredito, mas, no momento, interessa-nos compreender o ocorrido no Corcovado, e serei cobrado por isso. Não vejo como estabelecer nenhuma relação entre os dois casos.

Maria Tereza se ergueu da poltrona.

— Claro que não. Por que estariam relacionados, não é mesmo? De fato, eu apenas estava respondendo sua pergunta sobre a nossa investigação particular. E, claro, se não for incômodo, gostaria de lhe pedir permissão para que Firmino consulte os dados das delegacias. Uma troca ínfima pelo trabalho pericial que prestamos nesse caso específico.

O Chefe inspirou fundo. Havia caído na fala de Maria Tereza e não teria como recuar. Voltou à mesa e escreveu rapidamente uma permissão. Carimbou, assinou e estendeu-a na direção de Firmino.

— Doutor Boaventura, aqui está.

Firmino pegou a ordem e agradeceu, apreciando a primeira vitória do dia.

O delegado Teixeira abriu a boca para propor algo, mas uma batida rápida na porta o interrompeu. Um jovem cabo, secretário do Chefe Nunes, colocou a cabeça para dentro, e avisou num tom nervoso:

— Senhor? O Barão! O Barão do Desterro está aqui e deseja vê-lo.

Os olhos do Chefe correram para Teixeira que se desculpou num balbucio.

— Eu achei que ele só viria mais tarde, ainda mais depois dos festejos da noite passada.

O Chefe rosnou muito baixo, mas Maria Tereza ouviu.

— Nem interrogamos o engenheiro ainda.

Ele fez um sinal para o cabo, que imediatamente abriu a porta com o máximo de dignidade que o rebuliço no Palácio da Polícia permitia e o Barão entrou.

Ele fazia jus a sua estátua, pensou Maria Tereza, observando o perfil familiar. Alto, magro, com a barba bem cuidada e o cabelo longo preso em uma fita preta — o que antes era descrito como excentricidade, depois do descerramento do monumento do Corcovado ganhara outras leituras. Caminhou direto para o chefe de polícia com o semblante carregado de preocupação.

Atrás dele, vinha um homem de traços mongóis, forte, com porte de guerreiro selvagem, porém vestido como mordomo inglês. Pelo visto, era o secretário particular do Barão. O segurança avaliou friamente a todos, detendo-se em Firmino por último.

— Caro Nunes, vim assim que possível — disse o Barão, apertando a mão do chefe de polícia. — Estou revoltado com o acontecido. Imaginar que uma noite que planejei com tanto cuidado foi maculada por um assassinato sórdido! Delegado Teixeira, o senhor deveria ter me deixado ciente na mesma hora — arrematou, comunicando com seus gestos precisos e com suas palavras bem escolhidas toda a estirpe pela qual era reconhecido na capital.

— Não tive coragem de estragar um momento tão importante, senhor Barão.

O Barão fez um gesto de negativa com a mão. Parecia entender a gentileza do delegado e ao mesmo tempo desfazer-se dela.

— Estou abalado, de qualquer forma. Mas devo confessar aos senhores que não acredito que Moresco tenha qualquer coisa a ver com isso. Ele é um homem de minha inteira confiança.

— Levaremos isso em conta nas investigações, Barão — garantiu o chefe Nunes.

— Meus advogados já se encontram no saguão, senhores. Quero que tenham acesso a tudo. Eles ficarão responsáveis pela defesa do doutor Moresco. Além disso, gostaria de conversar com o homem, estender-lhe minhas simpatias e lhe pedir que contribua como puder para as investigações.

Os dois policiais responderam cordialmente, até serem interrompidos pelo barulho de Maria Tereza pondo-se de pé.

Foi só então que o Barão pareceu se dar conta de que não estavam sozinhos na sala. Seu corpo fez um gesto de surpresa que não se estendeu aos olhos.

— Senhora... — disse educadamente. — Minhas desculpas. Eu não a vi. — Ele tomou sua mão para beijá-la, mal encostando os dedos nos dela, enquanto o chefe de polícia se adiantava com apresentações.

— Esta é a senhora Maria Tereza Floresta, da agência de investigações Guanabara Real e seu associado, o doutor Firmino Boaventura.

— Já ouvi e li muito sobre ambos — disse o Barão, agora apertando a mão de Firmino. — Estou deveras encantado e novamente peço perdão por minha entrada intempestiva. Devo imaginar que sua agência foi convocada para este caso.

— Não, Barão — respondeu Maria Tereza. — Estamos aqui apenas colaborando com a polícia. Firmino fez a primeira parte da perícia, porque estávamos próximos ao local do crime.

O Barão não perguntou por detalhes e ela não os deu. Ele entregou um aceno de cabeça para Firmino. Como enxadristas, estavam todos se estudando, trocando impressões, catalogando detalhes de comportamento e intenções anunciadas e veladas.

— Ah, com certeza. Já ouvi falar da expertise do doutor Boaventura. Um engenheiro de rara habilidade pelo que ouvi dizer. — Firmino curvou-se agradecendo o cumprimento. — E onde está seu terceiro associado? Soube que ele também esteve por lá, olhando o local do crime.

O chefe de polícia fuzilou Teixeira com os olhos.

— Sim, esteve — respondeu Maria Tereza em tom leve, surpreendendo-se com a extensão das informações que o Barão havia coletado. — Mas não encontrou muito em que pudesse auxiliar.

— Mesmo? Bem, se não me engano, o senhor Rudá é um místico, não? Um ocultista, como os que temos no Velho Mundo, estou certo? Tentará se comunicar com o falecido? — Nunes e Teixeira riram, ao que o Barão os censurou com o olhar. — Há muitas estranhezas no mundo, senhores, e não devemos abrir mão de qualquer auxílio para solucionar este caso.

Maria Tereza tentava encaixar impressões dissonantes sobre o Barão.

— Se Remy conseguir... qualquer contato... eu lhe comunicarei.

O Barão baixou a cabeça.

— Sharif, dê aos senhores da Guanabara Real meu cartão pessoal. — O guarda-costas retirou do bolso de seu casaco dois cartões e estendeu-os com a mão enluvada a Firmino e Maria Tereza.

— Fiquei um tanto curioso, Madame Floresta — continuou. — Diante das especialidades de seus associados, fiquei me perguntando, qual seria a sua?

— Homens, Barão. — Ele piscou e ela riu. — No sentido de humanidade, é claro. Por isso dirijo a agência.

Ela pegou a bolsa e a sombrinha que haviam ficado junto à poltrona.

— Bem, meus senhores. Firmino e eu já cumprimos com nosso dever cívico. Devemos nos retirar. Barão — ela lhe estendeu a mão. — Foi um prazer. Chefe Nunes, grata por seu apoio às nossas investigações. Delegado Teixeira, sempre que precisar, é só nos chamar.

O delegado Teixeira lhe apertou a mão com cara de quem havia sido obrigado a mastigar um cascudo. Firmino cumprimentou os homens e foi pegar sua pasta.

— Doutor Boaventura — falou o delegado, interrompendo seu gesto. — Precisaremos de suas fotos.

— Com certeza, delegado — Firmino fechou sua pasta sem tocar nas fotos do local do crime que estavam espalhadas sobre a ampla mesa de mogno do chefe de polícia.

— Fotos? Eu posso estar a par do que já foi descoberto? Ninguém, mais do que eu, tem interesse nessas investigações — argumentou o Barão.

Maria Tereza e Firmino se encaminharam para a porta, deixando que o debate continuasse, não sem perceberem que Sharif os perseguia com o olhar. Seguiram para a porta da frente, atravessando os corredores de chão de madeira bicolor e apinhados de quadros da cidade e antigos próceres da polícia.

— Acho que nossa permissão pode ser retirada em brevíssimo tempo, então... — comentou Maria Tereza em voz baixa.

— Pode deixar, vou até o Instituto Médico olhar o cadáver e depois irei às Delegacias, buscar informações sobre os jovens desaparecidos. Realmente acha que os casos estejam conectados?

— Não sei, Firmino, mas pela primeira vez temos acesso a informações internas a respeito dos sumiços e eu não pretendo desperdiçá-las. Lembre-se que corremos contra o tempo.

Os dois apertaram as mãos e Firmino se apressou, saindo antes dela do prédio. Maria Tereza se demorou um pouco ainda no saguão de mármore, apagou a cigarrilha e ficou esperando que um guarda lhe buscasse uma carruagem de aluguel.

Em poucos minutos, o Barão estava ao seu lado.

— Madame Floresta, que bom que a encontrei ainda aqui. Eu gostaria de lhe fazer uma proposta de trabalho.

— Proposta?

— Sim. O Chefe me disse que a senhora e sua agência estão com uma investigação paralela, que não tem a ver com o ocorrido em minha propriedade. Mas eu gostaria de contratá-los para investigar especificamente esse crime. Não poupem despesas. Eu preciso de uma resposta para esse horror. Confio na polícia, mas talvez, eles tenham pudores em me deixar a par de tudo o que descobrirem. Afinal, sou apenas um cidadão — atrás dele, Tereza viu o guarda-costas chegar.

— O senhor não é qualquer cidadão — ela disse untuosa.

O homem sorriu brevemente,

— No momento, sou apenas um cidadão, abalado por um crime incompreensível, perpetrado em minhas terras. Então, posso contar com a Agência Guanabara Real?

Maria Tereza hesitou. Havia dias em que ela queria realmente trabalhar apenas por dinheiro. Não que fosse uma idealista, mas aquele era um caso especial.

— Sinto muito, Barão. Nosso caso atual tem detido todos os nossos esforços. Não poderemos nos desviar nesse momento. Entretanto, se tropeçarmos em algo desse caso específico, lhe comunicaremos com prazer.

A carruagem alugada chegou e ela dispensou os protestos do Barão com elegância.

Subiu na boleia e mandou seguir para a sede da agência, na Lapa. Até ter certeza de que não haveria conflito de interesses entre seus contratantes e o Barão, preferia não o ter como patrão.

Mirando a frente do prédio em seu espelho de maquiagem, Maria Tereza não deixou de atentar ao Barão e ao seu guarda-costas fitando o movimento de sua carruagem, até desaparecerem quando esta dobrou na esquina.

CAPÍTULO 5

FIRMINO

Rio de Janeiro, 16 de julho de 1892.

A caminho do Instituto Médico Legal, 10 horas.

Firmino alcançou a Praça Central após deixar a sede da Polícia. Na mão mecânica, a pasta com as informações do caso; na face, goggles de passeio; na mente, uma coleção de dúvidas.

Quem teria construído aquela câmara e com qual objetivo? Como Pedro Flores foi morto? De onde viera tanto sangue? Se aprendera algo como um preto livre convivendo com o pior que uma sociedade escravista poderia prover, fora que nada era feito sem objetivar lucro. E ele não via o lucro envolvido nesse assassinato.

Ainda não, pelo menos.

Ignorou o planaereo. Não estava com disposição para encarar os olhares raivosos. Por um momento, ficou irritado por ter deixado o carro-caldeira na sede da agência. Havia construído o protótipo há uns dois anos e poucas coisas lhe davam mais satisfação do que perambular pelas ruas do Rio de Janeiro ouvindo o som das engrenagens impulsionando o veículo.

Após alcançar a praça, passou os olhos pelos cocheiros até escolher uma carruagem puxada por um cavalo baio de um amarelo queimado. O condutor tragou o resto de um cigarro de palha e abriu a porta.

Agradecendo rapidamente, Firmino desapareceu dentro da carruagem, fechando as cortinas. Após acomodar-se na poltrona, ajustou os goggles para pouca luz e passou os olhos pelas informações que recolhera nas últimas semanas

O corpo de uma menina foi resgatado de um córrego no Morro do Telégrafo na tarde do último domingo. Encontrada por populares que imediatamente chamaram as autoridades, o corpo apresentava inúmeras escoriações que revelam que a garota, cuja identidade permanece desconhecida até o fechamento desta edição, lutou bravamente pela vida contra um ou mais agressores. As unhas quebradas são um indício definitivo, segundo as palavras do doutor João Felippo — responsável pelo Instituto Legal da Sociedade de Medicina e Cirurgia do Rio de Janeiro —, de uma luta feroz, o que fatalmente resultou em marcas profundas nos agressores. O pescoço partido, causa provável da morte, foi provocado pela queda no rio, talvez em uma última e desesperada tentativa de escapar de seus perseguidores. O corpo permanecerá no Instituto Legal por mais uma semana, à espera de identificação. Após este período, a valente garota será enterrada como indigente, uma heroína anônima, vítima da violência que parece imperar na Cidade Prodigiosa.

As relações entre a recém-fundada República Brasileira e o Império Inglês estão por um fio após o incrível desaparecimento do jovem filho do excelentíssimo embaixador. Tivemos a oportunidade de realizar uma longa e difícil entrevista com Sir William Grantham, um homem que sabe manter suas emoções no devido lugar, mesmo sofrendo uma perda pessoal tão grave. De forma sucinta, como é de costume aos nobres ingleses, Sir William relatou a sua desconfiança em relação à criadagem que foi oferecida ao governo britânico pelo Ministro das Relações Exteriores, o Ex. Olinto de Magalhães, um republicano genuíno e dos mais distintos e ilustres. Uma jovem passadeira parecia estar usando todos os pérfidos trejeitos sedutores dignos das classes menos abastadas na tentativa de chamar a atenção do herdeiro do Embaixador. A jovem, que se encontra sob custódia da Polícia, ainda não confessou a sua participação, mas o inspetor Cunha Mattos, responsável pelo caso, afirma ser só uma questão de tempo até o que o fio da meada seja desvelado. Enquanto isso, as buscas continuam e Sir William se diz confiante no retorno do varão ou no justo ressarcimento do governo brasileiro pela perda do primogênito.

Mais uma prova da desastrada e infeliz representação internacional do senhor Campos Salles, que assumiu o cargo de Presidente da República. Para os que não puderam acompanhar-nos, vamos aos fatos. Desde o último dia 07, os efetivos policiais da 4ª, 5ª e 7ª delegacias conjugaram esforços variados pela busca do filho do diplomata inglês, Sir William Grantham, desaparecido logo após o desjejum. Como foi relatado aqui em outras edições, o jovem herdeiro evadiu-se da embaixada após uma áspera discussão com o próprio pai acerca das suas pretensões futuras. O rapaz parecia muito mais inclinado às belas artes do que à magistratura, única profissão reconhecida como digna pelo embaixador. Foram ouvidos empregados, amigos e confrades e não nos paira quaisquer dúvidas sobre o tema dos estranhamentos constantes entre os dois. Por conseguinte, continuemos. O jovem foi avistado por populares perto do Porto da Praia do Lazarento. Ele parecia sujo e perdido, mas poucos o compreendiam, já que a soberba de seus familiares lhe impusera a prática constante da língua materna, impedindo-lhe de se dedicar ao conhecimento da gramática eternizada por Camões. Um marinheiro relatou à polícia que avistou o jovem na companhia de alguns moleques de rua no supracitado dia 7 e, depois disso, nenhum deles foi avistado novamente. Manifestos marítimos foram conferidos e mensagens enviadas a todos os portos conhecidos, na esperança de que o rapaz tenha embarcado como clandestino em algum navio. Após esgotados estes esforços, a polícia, mais uma vez derrotada, trouxe à luz hipóteses absurdas, em um grosseiro movimento para desviar a atenção de seus próprios fracassos. Resultado final: a mira da acusação passou para o lado mais fraco e a pobre menina Severiana, passadeira de profissão, se encontra encarcerada no xadrez da 2ª Estação Policial desde semana passada. Advogados contratados pel'A Tribuna Popular acompanham o caso e até amanhã novos desdobramentos são esperados. Estaremos vigilantes!

o, 27 de abril de 1892

A TRIBUNA POPUL

Foi registrado na 9ª Delegacia Metropolitana o desaparecimento da pequena Almerinda, que recém completara o décimo segundo aniversário natalício, ocorrência informada pela mãe, senhora Cândida Bezerra, 29, que relatou que a filha saíra para trabalhar na lavanderia do Seu Almeida perto das seis horas da manhã, como era seu costume, e não fora mais vista. O dono do estabelecimento, um português bastante conhecido na região, garante que a garota não compareceu ao serviço naquele dia e, por isso, perto das nove badaladas, enviou o seu contínuo para averiguar o motivo do atraso da empregada. Exaustivas buscas feitas pela população não deram resultado. A sugestão de fuga com algum rapaz mal-intencionado foi veemente rechaçada pela mãe, mas continua sendo a principal linha dos policiais, que parecem não impor novas linhas de investigação. Que força policial a nossa!

A TRIBUNA P

Rio, 29 de maio de 1892

Que são muitos os jovens encarregados de serviços de escritório nas ruas de nossa Cidade Prodigiosa, já se sabe. Mas que podem ser vítimas ou perpetradores de crimes é um assunto novo que aqui se apresenta. O menor Ponciano Barreto, 15, trabalhava como contínuo na firma de Advocacia do doutor Adolfo Rego. No dia 23 de junho passado, o rapaz deixou a firma, estabelecida à Rua do Lavradio n. 33, vindo a desaparecer com uma quantia considerável, não revelada à imprensa. O Dr. Adolfo encarregou o empregado de depositar os valores em questão no Banco Central da República, tarefa essa à qual o contínuo parecia estar acostumado, segundo pudemos constatar ao entrevistar o gerente do banco e vários funcionários da firma. No entanto, naquele dia, Ponciano nunca apareceu na agência bancária e continua desaparecido desde então. O doutor Adolfo oferece uma recompensa de 100$ por informações do ex-funcionário e o encarregado da 2ª Delegacia admite estar empreendendo os maiores esforços na elucidação do caso, mas que tem poucas esperanças no mesmo, pois imagina que o infiel funcionário já se evadiu para o interior.

Conceituada firma de advocacia é vítima de golpe por jovem da periferia, em mais um exemplo que corrobora as palavras do Deputado Pinto Bandeira, que apresentou um projeto para realizar um cadastro racial dos meninos que vivem nos morros da cidade. O doutor Adolfo Rego, que atende na Rua do Lavradio, n. 13, um dos locais mais chic de Guanabara, informou ao encarregado da 2ª Delegacia que um garoto mulato desapareceu com uma grande quantia de dinheiro que lhe foi confiada na melhor das intenções. O doutor Adolfo se diz completamente desiludido com o que ele chamou de nobres e malfadados esforços para auxiliar os recém-libertos. "Infelizmente, é algo inerente a eles", constatou, convicto, prometendo demitir os demais funcionários de origem escravizada, pois não tinha como recuperar a confiança neles novamente. "Recomendo a todos os homens de bem que procedam desta maneira até que a Lei da Identificação Racial seja promulgada", finalizou ele, com o qual A República concorda plenamente.

A REPÚBLICA • 12/06/1

Rio, 09 de julho de 1892

A TRIBUNA P

O violeiro Jair permanece desaparecido, apesar de a polícia descartar qualquer tipo de investigação neste sentido, como é seu costume, aliás. O rapaz, que aparentava ter entre 15 e 17 anos, era assíduo frequentador do Mercado Popular em Botafogo, na Rua de São João, 45, onde realizava apresentações com suas rebecas, angariando alguns trocados. Os comerciantes, acostumados com a presença do rapaz, resolveram dar parte à polícia no segundo dia em que o violeiro não apareceu, mas o delegado de plantão diz ter certeza de que se trata apenas de uma mudança de ponto. Como não há parentes conhecidos e ninguém soube informar onde vivia o desaparecido, não houve prosseguimento no caso. No entanto, quaisquer informações podem ser enviadas para a redação d'A Tribuna Popular, que tratará de apurar com o máximo de brevidade possível, de acordo com a alocação de nossos recursos.

Maria Tereza suspeitava que havia uma linha que conectava aquelas histórias e Firmino tendia a concordar com isso. Sabia também que encontrar o menino Jair era um ponto de honra para a chefe da Guanabara Real. Ou estariam ambos enganados e tudo aquilo não passava da rotina costumeira da grande metrópole, conhecida por sua beleza e por sua violência?

Quinze minutos depois, desceu na frente do Instituto Legal, na Rua das Laranjeiras, bem próximo ao Morro da Nova Cintra. Para ali eram levados os vários corpos encontrados diariamente na perigosa capital brasileira.

O edifício de três andares, de grossas colunas e escadaria imponente, fora construído para guardar o arsenal do antigo exército imperial. Depois, fora transformado em um asilo, mas com a construção da linha do Corcovado, as autoridades acharam por bem afastar os loucos, os alienados e as mal-afamadas do passeio público. A Sociedade de Medicina requisitou o prédio para instalar o Instituto Legal, o que garantiu um caráter oficialesco à transferência.

Em dias de pouco assunto, o caso da retirada dos loucos era recontado nos bares da região, aumentado de um tanto aqui ou ali, mas os detalhes principais ainda permaneciam bastante frescos: a procissão sinistra de homens, mulheres e crianças, com correntes presas aos tornozelos, conduzidos por soldados de cara amarrada. Mas não fora isso o mais perturbador, alguns acrescentariam.

Foram os gemidos. O uivo imperturbável, constante, o som carregado por quilômetros, nascido nas entranhas da loucura, como se mil pesadelos tomassem a forma de corvos e tivessem revoado do reino dos sonhos para assombrar os vivos e sãos. Naquele fatídico dia, o som do asilo se tornou real para os habitantes das Laranjeiras. Um número anormal de suicídios ocorreria no mês seguinte, mas ninguém se ocupou do fato ou ligou as duas coisas. Entorpecido pela desgraça alheia, o populacho retomou a rotina, disposto a esquecer o ocorrido no fundo de copos e garrafas.

Com a inseparável valise a balançar ao seu lado, Firmino galgou os últimos degraus até as portas do Instituto Legal, avançando pelos corredores onde eram realizadas as autópsias e conduzidas pesquisas sobre as moléstias tropicais que assolavam o Brasil nortista. A República considerava a Amazônia o último baluarte para a conquista do interior do país, o El Dorado verde. Mas a conquista da selva dependia de uma solução definitiva para o problema da malária e da febre amarela, que ainda desafiava os médicos de todo país.

Firmino não teve dificuldades para circular pelo local. Afinal, conhecia muito bem aquele lugar. Após perder a mão no Caso do Degolador de Volta

Redonda, frequentara o Instituto por meses a fio, auxiliando na dissecação de corpos até conseguir aprender tudo o que precisava sobre músculos, tendões e nervos. Então, passou um ano projetando e construindo, em seu próprio laboratório, o artefato que mantinha escondido sob a luva. Próteses eletrostáticas não eram absolutamente incomuns neste mundo de vários prodígios, mas nenhuma sequer se aproximava da sofisticação da mão mecânica de Firmino.

Quem o conhecia, sabia que ele tinha permissão de perambular pelas dependências. Os demais provavelmente imaginavam que ele não passava de um meirinho metido a besta, com roupas e ideias acima de sua condição social.

Desceu as escadas até o subsolo, seguindo o barulho das recém-instaladas máquinas retrocongelantes, que aproveitavam a umidade do solo para diminuir a temperatura dos armários de ferro, ajudando a preservar os espécimes e corpos ali armazenados. Uma solução simples e engenhosa.

O plantonista não estava, mas Firmino não precisou aguardar por muito tempo. Alguns minutos depois, uma porta lateral se abriu e o doutor Tristão entrou com um copo de café nas mãos, provavelmente retornando da cantina. Ele segurava um chapéu preto na mão coberta por uma luva e veio ao encontro de Firmino com passos rápidos e miúdos, seguido por um forte aroma de sândalo.

— O que quer aqui?

— Informações.

Ele retesou o corpo e girou os olhos de um lado a outro, temeroso. Firmino crispou os lábios de raiva, mas calou-se.

Conhecia a história do doutor Tristão. Seus pais eram pretos e abolicionistas. Crescera livre e, por um acaso do destino, nascera branco — ou tão branco quanto era possível aos brasileiros miscigenados daquele fim de século. Com o dinheiro ganho pelos pais em São Paulo, conseguira se matricular na Escola de Medicina de Salvador e se formara, tornando-se um obscuro médico legista que morria de medo de os seus colegas descobrirem a verdade sobre suas origens.

Na nova República, era proibido negar emprego por causa da raça, mas essa era uma das leis destinadas ao esquecimento. Seria expulso do Instituto se fosse descoberto. Por isso, evitava conferenciar com Firmino ou ter qualquer tipo de relação com homens de sua etnia. O engenheiro-detetive, no entanto, o escolhia sempre que possível.

— Qual caso? — perguntou o médico.

— Pedro Flores. O rapaz morto durante a inauguração da estátua do Corcovado.

O doutor Tristão ruminou aquela informação por algum tempo e, aparentemente, decidiu que seria melhor acabar com aquilo o mais rápido possível. Deixando a letargia de lado, abriu a porta da sala de autópsias com um rompante.

Vestindo um jaleco, ele pegou uma das pastas e foi até o frigorífico, retornando com um corpo estendido na maca, o peito marcado em Y, onde o legista faria suas incisões.

Os olhos do doutor Tristão se moviam de forma a conservar o seu foco sobre o corpo de Pedro enquanto ia de um lado a outro. Ele mudou de posição mais uma vez e resmungou:

— Ainda não tivemos tempo de abrir o sujeito, mas pode apostar que ele morreu envenenado — disse, cautelosamente.

A sua voz era totalmente distante, demonstrando o profissionalismo defensivo que Firmino já notara antes em outras mortes estranhas.

— Fiz alguns experimentos nos dardos. Há traços de amônia, por certo, e um catalisador. Acredito que seja o Louro da Montanha, uma planta encontrada nos Estados Unidos e Canadá — informou o legista.

Firmino trincou os dentes, pensando na atitude superior de Remy quando ouvisse isso. O homem prosseguiu.

— Mas o meu melhor palpite é que as setas tenham sido submersas em alguma espécie de coquetel laquético.

O engenheiro-detetive piscou. Aquilo era novidade. Remy não estava de todo o certo, afinal. Com um soerguer de sobrancelhas, perguntou:

— Veneno laquético? Você quer dizer, veneno de cobra?

O doutor Tristão assentiu e largou a pasta em cima do corpo antes de se aproximar de uma grande estante, retirando um volume grosso e já bastante surrado.

— A maior parte dos acidentes no Brasil decorre de cobras peçonhentas com veneno botrópico, como as jararacas, urutus e cotiaras — explicou, apontando para as ilustrações de uma grande cobra marrom, uma cobra escura com um intricado padrão de linhas prateados e uma cobra pontilhada de pequenas manchas escuras.

— Este veneno provoca a rápida coagulação do sangue na picada e uma leve hemorragia. Na maior parte das vezes, a vítima se recupera sem intervenção médica.

— E o veneno laquético?

— É bem mais raro e perigoso. É encontrado nas surucucus e picos-de-jaca — respondeu Tristão, virando as páginas do livro até encontrar duas ilustrações. A surucucu era uma cobra dourada com manchas escuras e a pico-de-jaca tinha uma coloração um pouco menos agressiva.

— Este veneno pode provocar choque, hipotensão e hemorragia. Em grandes quantidades, como foi o caso — eu recolhi dezoito setas do corpo da vítima —, há perda da função neurológica. A vítima desmaia e convulsiona até morrer.

— Achei que as surucucus só existissem na Amazônia...

— Sim, mas a pico-de-jaca pode ser encontrada em toda Mata Atlântica, do Rio de Janeiro até a Paraíba. O Instituto Soroterápico Federal tem algumas para pesquisa.

Firmino assentiu, lembrando-se do belo prédio que estava sendo construído pelo sanitarista Oswaldo Cruz, em Manguinhos.

— Bom, isso explica a causa da morte. Mas ainda falta o como e o porquê...

— Como?

— Nada. Só pensando alto — respondeu Firmino. — Outra coisa: um garoto desaparecido. Uns quinze a dezessete anos. Forte. Dedos calejados. Ele era violeiro. Deve ter sido enterrado como indigente. O corpo pode ter aparecido durante o último mês.

O médico pensou por um momento, antes de balançar a cabeça.

— Não. Só apareceram três garotos para autópsia: um que se afogou na Praia de São Christóvão, outro que caiu de um andaime em uma construção no Cattette e um terceiro ferido por faca. Todos foram recolhidos por pais ou parentes.

Firmino assentiu. Já esperava por isso, de fato. Outro desaparecimento. Nada de corpo. Outro garoto.

Despediu-se com um aceno e sua mente se voltou para os próprios pensamentos sobre o caso. Uma morte incomum, o envenenamento. Arsênico e cianeto ainda eram bastante populares entre cônjuges desgostosos ou amantes vingativos. Mas, veneno de cobra?! E por que não apenas o disparo de uma pistola? Seria algum tipo de mensagem? Mas para quem? E com qual objetivo? Parte daquelas dúvidas seria respondida se ele encontrasse o mecanismo de disparo. Mas, antes, precisava recolher os dados nas Delegacias e levar o seu relato de volta à agência.

Já ia deixando o prédio quando sua atenção se voltou para uma jovem mulher, que levou alguns instantes para localizar em sua mente. Era a amásia de Pedro Flores, reconheceu, lembrando-se da foto que a vítima guardava entre seus documentos e poucos trocados. A mulher interrompeu suas lágrimas ao perceber que ele a olhava. Notou as roupas e modos de Firmino antes de se aproximar segurando um lenço velho.

— O senhor pode me ajudar? — perguntou ela.

— Sim... — respondeu Firmino, incerto.

— Meu... noivo — disse ela buscando dignidade —, ele morreu e estou esperando e ninguém me diz nada.

— Creio que pode perguntar pelo doutor Tristão e dizer que tem direito ao corpo. Ele o estava examinando e eu acabei de deixá-lo, digo, deixá-los...

A mulher pareceu intrigada.

— O senhor o conhecia?

— Não, eu não o conhecia. Quero dizer... o conheci quando fui chamado para investigar sua morte — explicou Firmino.

Ela arregalou os olhos.

— O senhor está investigando? Por que fizeram isso com ele, moço? Por quê? Ele era honesto e trabalhador... — ela irrompeu em choro.

Firmino olhou para a jovem mulher e pensou em quantos anônimos sofriam tristezas iguais naquela cidade.

— Eu não sei, moça, mas vou descobrir.

Firmino deu as costas a ela, pois tinha ainda muito o que fazer até findar aquele dia. Mas antes de seguir, voltou-se para a mulher e lhe disse:

— Pedro tinha uma foto de vocês quando morreu.

Ele não sabia o que ela iria fazer com aquelas palavras, mas a lembrança lhe fortaleceria a resolução de encontrar o culpado.

Com isto em mente, saiu para a rua, deixando aquele reino de mortos e loucos para trás.

CAPÍTULO 6

REMY

Rio de Janeiro, 16 de julho de 1892.

São Christóvão, 17 horas.

A humanidade e seu rotineiro vai e vem, suspirou Remy a si mesmo enquanto observava o movimento do calçadão central e finalizava seu bordeaux.

No dia seguinte à incursão noturna pelo Corcovado, seguida do festejo posterior, Remy descansou até meio-dia. Pelo que previa, os próximos dias seriam intensos e não adiantava fazer a visita prevista antes do cair da tarde.

Assim, demorou-se em sua toalete e também em seu almoço, deliciando-se com sua taça de vinho enquanto matava tempo no Rio Minho, restaurante que costumava visitar. Boa parte dos estabelecimentos comerciais do Rio, especialmente os ditos familiares, não recebiam bem diversidades de qualquer estirpe. Remy, por exemplo, já passara várias vezes pela situação de ser convidado a se retirar, por seus trajes chamativos e sua postura invertida ofender os presentes. Isso não acontecia nem no Minho nem na Confeitaria Colombo, seus lugares prediletos justamente por sua abertura a diferenças.

Depois do espírito descansado e do corpo alimentado, foi então se embrenhar em um terreno no qual há muito tempo não se aventurava. Buscou por uma carruagem, uma vez que não suportaria a ideia de fazer tal trajeto usando a monstruosidade do planaereo. Para ele, amante de antigos hábitos, ter os céus do Rio de Janeiro conspurcados por aquele trem barulhento era um crime. E apesar de ele mesmo ter simpatias por algumas ações que ofendiam a moralidade daqueles dias, aquela não seria uma grosseria da qual gostaria de participar.

Assim, no sacolejar do carro, refletia sobre o seu destino. Sabia estar deixando para trás o mundo frenético e incansável que impulsionava a sociedade positivista. Desapareciam motores, chaminés e engrenagens. No seu lugar, tradições arcanas e espíritos indômitos comandavam aquelas paragens.

O templo bruxo exalava o cheiro de lágrimas e sacrifícios, suor mesclado a sangue, tudo misturado a terra, flores e incensos.

Remy adentrou o espaço centenário, ignorando os poucos visitantes que ainda estavam por perto e suas piscadelas de reprovação. Era uma existência interessante, ser um pária em todos os lugares e diante de todas as gentes.

E Remy se divertia com isso.

Viu ainda presentes no espaço arcano mães e crianças meio amoladas, além de velhos que desejavam abandonar a pinga, o fumo ou o puteiro. Poucos fiéis, pensou, poucos crentes nas vozes dos espíritos e nas suas vontades, nunca meramente benéficas, nunca generosas, nunca sem preço.

Remy já havia dado muito aos mortos, emprestando seu corpo para que velhos e imundos fantasmas o habitassem por noites ou dias. Felizmente, os dias de vender seu corpo, a vivos ou mortos, já havia passado. Agora, ele estava ali por outra razão.

E esta não o deixava menos inquieto.

Henrique do Pau a Pique era um dos mais respeitados bruxos do Rio de Janeiro, já tendo ofertado seus serviços mediúnicos a boa parte da população da metrópole, quando não a ricos estrangeiros e até à antiga família real. Contavam que quando o neto de Dom Pedro, o príncipe maldito, foi possuído por um espírito sórdido, fora Henrique quem tirou o diabo de seu corpo. Os novos republicanos diziam que tudo não passava de mais um exemplo das loucuras do jovem herdeiro.

Isso Remy havia aprendido com o velho: em assuntos de religião e fé, não se deve nem evangelizar nem confrontar, apenas dar aos ouvintes o que eles desejam, sejam histórias de piedade santa ou podridão profana. Segundo Henrique, a prata da antiga coroa alimentou os famintos de São Christóvão por quase um ano.

Deixe que as pessoas acreditem no que bem quiserem, Remy, disse ele ao jovem aprendiz, dez anos antes.

Agora, Remy havia mudado, a ponto de quase se tornar irreconhecível. Quanto a Pau a Pique, era o mesmo ancião forte, alto e maciço do qual se lembrava, cuja pele clara contrastava com as costumeiras roupas escuras. Antes de chegar a ele precisava confrontar um velho conhecido.

Fernandes tinha a idade de Remy, mas parecia ter envelhecido vinte anos na última década. Hoje, era o braço direito de Mestre Henrique e certamente seria o herdeiro daquela casa de espíritos. Quando anunciou a razão da audiência com o bruxo, Fernandes o condenou com o olhar, não ignorando sua história prévia.

Ele permanecera ao lado de Henrique, enquanto Remy tinha partido há mais de uma década, deixando os espíritos, as vozes e os costumes para trás. Tornara-se um degenerado, pensava. E tudo isso pela mulher que os havia separado com sua morte: Alice. Apesar disso, ele não poderia negar acesso a Henrique. Fernandes chamou um menino moreno, de uns cinco ou seis anos, e ordenou que o guiasse.

— Espero não vê-lo mais esta noite.

— Desejo que a sorte nos presenteie com tal dádiva, Fernandes — disse Remy, seguindo a criança através da nave principal do templo vazio.

Ela o levou a um quartinho simplório, sem mobília ou requinte, exceto por uma mesinha de canto, onde fumo e aguardente aguardavam seus usos. Naquele diminuto cômodo, Henrique se preparava antes dos rituais e cantilenas, antes de receber os mortos dos céus infernais e dos avernos paradisíacos, quando não os moradores dos reinos neutros. Era também ali que ele atendia aos visitantes ocasionais.

O velho estava sentado no chão, contra a parede da entrada que conectava o recinto ao templo. Na parede lateral, outro pórtico sem porta levava ao interior da construção onde vivia. A criança que guiara Remy até ali sussurrou no ouvido do velho o nome do seu visitante e então se sentou num dos cantos da pequena sala. No chão, dezenas de velas iluminavam o ambiente, dando ao cenário uma atmosfera igualmente bela e incômoda.

A modernidade havia ofuscado a escuridão com seus lampiões e luzeiros artificiais, prometendo aos homens um falso conforto de luz e saber. Naquele lugar, todavia, era o passado imorredouro, sombrio e sagrado, que queimava e derretia a cera, fomentando imaginações.

Henrique nem levantou nem sorriu para receber a visita.

Ele era cego e seus olhos vazados sugeriam em sua branquidão o torpor da visão do além. Olhos de leite, pensou Remy, conjurados na pele clara e macia.

— O que você faz aqui, filho pródigo? — perguntou o velho com a voz rouca e cansada. Vestia apenas uma calça de linho sobre as pernas magras. No peito sem pelos, algumas marcas e cicatrizes, além do crucifixo que lhe pendia do pescoço. Os pés descalços tocavam o solo.

— Eu não sou seu filho, nem sou pródigo — replicou Remy.

— Ah, claro que não. É educado e requintado demais para isso. Se não está voltando pra casa e para o meu perdão, o que você veio fazer aqui?

— Vim consultar seus saberes, Mestre Henrique, suplicar sua ajuda. Um homem foi morto e retorno ao senhor em busca de conselhos.

— Ao menos tem um pouco de humildade, que deve ter aprendido em suas andanças pelo mundo.

O velho sorriu e estalou os dedos para a criança, que estava parada no canto do cômodo. O menino foi até uma mesinha no outro canto e começou a espalhar folhas de fumo sobre um fino papel.

— Não. Isto eu aprendi com o senhor. A razão de deixá-lo há muitos anos não teve a ver com humildade ou orgulho, e o senhor sabe disso.

— Você ainda sonha com Alice? — perguntou o bruxo, enquanto a criança repousava o fumo em seus lábios ressequidos, acendendo-o em seguida.

— Quase sempre. Com o rosto dela sobre o meu nas noites enluaradas. Com seu corpo dançando ao redor dos espíritos, no compasso da cantoria dos mortos. Com a maciez da sua pele abraçando meu corpo.

— E com o corpo dela sendo despedaçado pelos Demônios da Aurora —, disse o velho, depois de uma profunda baforada, interrompendo o transe no qual Remy entrava ao lembrar de sua antiga amante.

— Sim, lembro-me do seio arrancado, do glóbulo despedaçado e do braço decepado. E lembro-me do riso deles quando a deixaram para morrer.

— Mas ela teve sua vingança, não?

Remy estudou o velho por instantes, tentando anular em seu peito as dores de todas aquelas feridas abertas.

— Ela? Não. Eu, sim. Que vingança os mortos podem ter?

Remy se lembrava de ter deixado aquele terreno sagrado e a proteção de Henrique quando decidiu vingar a morte de Alice e caçar cada um dos seguidores da Aurora, fraternidade primitiva que substituíra sacrifícios animais por humanos.

A Remy, que discordava de ambas as práticas, nada havia restado senão a tristeza, o assassinato e o exílio.

— Que bom que não se esqueceu nem de mim, nem dela, Filho dos Ventos.

— Nunca.

Só então o velho fez o gesto para que ele se aproximasse, circundado pela fumaça do fumo e pelo perfume amargo que dela recendia.

O jovem sabia que não poderia ficar naqueles trajes desrespeitosos. Assim, pouco a pouco foi retirando os anéis e o casaco, desabotoou o colete e depois a camisa, deixando suas vestes dobradas ao lado do pórtico do pequeno quarto.

Por fim, retirou os sapatos de couro e as meias, voltando a sentir a terra que há tanto tempo não visitava. Ele deu dois passos e se dirigiu ao velho, sentando-se a poucos centímetros dele.

— Diga-me o que precisa saber, meu filho.

A frase fez Remy abandonar as tristes lembranças em prol de outras mais felizes, de quando fugira do prostíbulo onde fora aprisionado e encontrara proteção naquele lugar de culto e mistérios. Lembrava-se do velho cego, exatamente naquela posição, fumando seu palheiro e perguntando como poderia ajudá-lo a curar suas feridas.

— Aconteceu no Corcovado ontem à noite. Um homem foi morto numa sala construída no seio da rocha, abaixo de uma estátua gigantesca em homenagem a um dos barões desta cidade.

— O Barão do Desterro? Sim, não se falou de outra coisa nesse dia, mesmo aqui, sobre ele e sua estátua — disse o velho, sem esconder sua reprovação.

— Quando eu e meus associados fomos até lá, descobrimos vestígios de sangue humano, usado para pintar as paredes com símbolos e enigmas. Suspeitamos que várias vítimas foram trucidadas naquele lugar, tudo para agradar a uma mente sórdida e poderosa.

— Diga-me algo que não seja regra nesta cidade, Remy. Há décadas, séculos talvez, homens e mulheres marginalizados e escravizados tiveram esse destino. Vocês têm algum suspeito? — a fumaça começou a dançar ao redor do velho, que agora respirava de forma mais descompassada e forte.

Um vento fugidio fez as chamas dançarem, afastando a fumaça que circundava a face de Henrique. Eles não estavam mais sozinhos.

— Ainda não — respondeu Remy, ignorando as forças que ali chegavam —, mas não são os suspeitos vivos que me assustam. Quanto a esses, os descobriremos cedo ou tarde e os levaremos à justiça...

A fala de Remy foi interrompida por uma gargalhada seca vinda dos lábios rachados de Henrique. Os ventos ficaram mais fortes, agora apagando algumas das velas. Outra gargalhada seguiu à primeira.

— Sim... eu sei. Mostre-me então o que o assusta, Remy.

A criança, que até então ficara em silêncio, entrou em transe, balbuciando sons sem significado. Quando Remy a encarou, ela devolveu-lhe olhos brancos e vazios. Depois de soltar um riso esgarçado, levantou-se e foi em direção à garrafa de licor, vinho ou sangue. Remy não saberia do que se tratava.

Depois de beber da garrafa, o menino a entregou a Henrique, que entornou o recipiente até esvaziá-lo.

Limpando os lábios rubros com as pontas dos dedos, voltou a encarar Remy.

— Estou esperando, Filho dos Ventos, me mostre do que tem medo.

Remy esticou o braço direito em direção a um monte de terra e jogou um punhado de grãos entre ele e Henrique.

— Dê-me sua mão — pediu ao velho à sua frente, que continuava respirando com dificuldade, com o peito convulsionando e o corpo a tremer.

Henrique ofertou sua mão esquerda e deixou que Remy riscasse o chão de areia com a ponta do seu dedo. Aos poucos, a respiração de Henrique foi diminuindo, à medida que ia descobrindo o signo que Remy inscrevia na terra.

O dândi reproduzia os traços do sigilo maldito: a linha vertical cuja ponta superior penetrava um círculo fendido no meio, de onde partia uma lança, uma faca, uma lâmina, um dardo fatal e terrível.

Antes de finalizá-lo, porém, a mão de Henrique estacou e os dedos retesaram.

O velho homem não estava mais lá.

— Voismicê não tem medo do abismo? — disse a envelhecida voz feminina através da dentição podre de Henrique.

A criança acordou de seu transe e saiu correndo do cômodo, não contendo seu pavor diante da cena que se desenrolava. Não era todo o dia que se via um espírito antigo como aquele.

Remy, que já tinha visto muitas coisas estranhas, olhava o corpo possuído impassível. Ele aprendera que os mortos, assim como os vivos, tiravam poder do medo e da ignorância.

Ele havia abandonado ambos há muito tempo.

Depois de ajustar a postura, inquiriu o espírito:

— Falo com quem, minha senhora? — sua pergunta foi respondida com uma risada violenta, até silenciar numa nova baforada.

— Num sô de voismicê, nem nunca fui sinhá! Fui sempre preta veia que sabia das coisas, como curá, matá e amaldiçoá. Sou Raimunda e te apergunto, voismicê num tem medo do abismo e do maldito diabo chifrudo?

— Qual dos diabos? Há milhares deles, Raimunda — disse Remy, desarmando-se de sua postura e não escondendo sua preocupação.

— Num se pode dizê o nome dele, pois daí ele vem correndo. Eu num vô dizê e sugiro que voismicê num cometa esse erro.

— Eu não tenho medo do abismo da morte, nem do diabo fedido que assola crianças e assusta velhacas, vivas ou mortas — respondeu, testando o espírito, que de novo riu e depois cuspiu uma nuvem de saliva e vermelhidão contra uma das velas, que se apagou.

Remy mirou a cera queimada, até ordenar com sua mente que a fumaça voltasse à sua fonte e o pavio a arder e queimar.

— Voismicê é poderoso, mas num é invencível. Tome cuidado, indiozinho, tem abismo mais fundo que a morte e demônio mais fedido que o próprio diabo.

— Qual é o nome dele?

O corpo de Henrique começou novamente a convulsionar. Ao redor dos dois, uma ventania selvagem adentrou o cômodo e apagou todas as velas, para depois penetrar no corpo de Henrique através de suas narinas e da sua boca.

Você não quer saber o meu nome.

Remy se afastou do corpo de Henrique, perplexo diante do que acabara de ouvir. Era um som gutural e seco, que transpassava os lábios do velho, um som que lembrava vulcões em erupção, vomitando lava, lodo e fogo, evaporando nuvens, queimando carnes e vísceras.

Neste momento, Henrique desmaiou e caiu no chão, com o corpo pulsando em desespero.

Então o cômodo foi invadido pelo pajem de Henrique, que trouxe consigo Fernandes e outros dois trabalhadores do templo.

Enquanto os dois tentavam reanimar o velho, Fernandes se colocou diante de Remy, que começava a se levantar. Antes que dissesse qualquer coisa, o outro esbofeteou seu rosto, fazendo o canto de seu lábio sangrar.

Em seguida, outro golpe explodiu em sua face.

— Saia daqui, maldito! Não basta o que você fez com Alice?! Levem Mestre Henrique para sua cama — ordenou Fernandes.

Remy ficou em pé e juntou as roupas que havia deixado no chão. Apesar de ferido, voltou à costumeira postura altiva.

— Eu sinto muito, Fernandes. Por ele e também por Alice. — Remy deu as costas e deixou o cubículo, retornando à nave do templo, ainda respingada de sangue do ritual daquela noite.

— Nunca mais coloque os pés neste lugar sagrado! Ou eu juro que não vou parar.

Remy estacou, calçando os sapatos e jogando sobre o torso a camisa.

— Fernandes, eu entendo sua fúria, pelo que aconteceu hoje e pelo que aconteceu no passado. Mas eu já pedi minhas desculpas, algo que nunca faço. Então, não abuse da sorte. Eu voltarei aqui quando bem desejar ou precisar, e lhe asseguro, na próxima vez que encostar um dedo em mim, você perderá suas duas mãos. E eu nunca faço promessas que não possa cumprir.

O Guardião dos Espíritos sabia que ele falava a verdade.

Remy o deixou sozinho e saiu para a noite. Ordenou ao cocheiro que o trouxera ali, que o levasse para casa.

Enquanto se recompunha daquelas últimas horas, Remy testemunhava à sua esquerda, pela janela entreaberta do cabriolé, a lua pulsante e vasta sobre a baía de Guanabara, com a orla do mar explodindo na areia.

Suplicou aos seus espíritos de proteção pela saúde de Henrique e que as lembranças de Alice o abandonassem. Mas acima de tudo, suplicou aos seus orixás e a outros espíritos, que ele estivesse enganado e que o que escutara naquela noite não passasse de uma peça pregada por algum espírito antigo e forte, como muitos dos adormecidos adoravam fazer.

Medo é poder. Medo é força. Medo é vida. E os espíritos se alimentavam disso. Sim, era isso, dizia a si mesmo, o embuste de algum demônio menor.

Mas se não estivesse enganado, que os deuses superiores ou inferiores tivessem piedade dele, dos seus amigos e de todos os moradores do Rio de Janeiro. Remy fechou os olhos e tentou sem sucesso esquecer a voz e a sua mensagem.

Você não quer saber o meu nome.

Acordou do torpor quando a carruagem parou. Felizmente, estava na segurança de sua casa. Fitou a fachada do palacete e sumiu pelo pórtico duplo.

CAPÍTULO 7
MARIA TEREZA

Rio de Janeiro, 17 de julho de 1892.

Sede da Guanabara Real, 10 horas.

Era difícil tirar o sono de Maria Tereza.

O novo caso, mesmo em sua fase inicial, já conseguira esse feito.

No dia anterior, após sair do Palácio da Polícia, fora em busca de seus informantes tentando reunir pistas. Os resultados foram decepcionantes e a fizeram chegar tarde à agência. Organizara um diário dos acontecimentos e depois se recolhera ao seu apartamento, no andar superior de um dos novos prédios afrancesados da Lapa.

Havia quem lamentasse as mudanças do bairro. Tereza não. Lamentava as pessoas arrancadas dali para dar espaço aos novos salões elegantes à sombra dos Arcos da Carioca. Quanto aos bulevares, gostava deles.

Vivera adolescente dormindo pelas ruas daquele lugar, antes das reformas e mudanças. Conhecera a fundo a sordidez da região. Se a tivessem chamado, ela teria pego em uma picareta e ajudado a demolir tudo com a força de seus braços. Felizmente, não fora preciso.

Quando as reformas abriram espaço para novos compradores, ela adquirira dois lances de um prédio da Rua Riachuelo. Embaixo, atrás das portas art noveau, ficava sua agência de detetives, a Guanabara Real. Ela imaginara o nome, a fachada e a placa há muito tempo, ainda na época do Império, antes de ela mesma entender o que era ser uma republicana e antes de a República vir. Modificar o nome seria modificar seu sonho, então, Guanabara Real permaneceu.

No andar superior, instalara-se com conforto e uma boa decoração. Optara pelo espaço amplo e limpo, o mais distante possível dos antros sujos de sua adolescência, dos quartinhos asquerosos para onde a arrastavam para abusar dela. Vinha adquirindo gosto por obras de arte e fotografias de lugares que, em quadros, ocupavam as paredes claras e faziam estranhamento aos poucos visitantes. Não eram exatamente obras usuais. Maria Tereza não era usual.

Dinheiro já não faltava. Vinha de seu trabalho. O qual era, antes de descobrir segredos, guardar segredos. Fato impressionante: pessoas gostavam de seus segredos protegidos e pagavam bem por isso. Ou davam presentes. Como a mobília de sua sala de estar, que viera de um generoso e bastante implicado senador.

A do quarto ela escolhera após um de seus primeiros casos. Tinha gosto especial e garantia um sono tranquilo de sonhos bons, todos realizados.

Entretanto, desde que se envolvera nesse caso, o sono era menos reparador que de costume. Nas últimas duas semanas, dormia em fragmentos, com Júlia volta e meia aparecendo neles e lhe perguntando pelo filho.

Naquela manhã, o sono foi embora antes das cinco. Ela rolou de um lado para outro até decidir levantar. Lembrar-se de Júlia estava lhe tirando a objetividade, além do sono. As duas haviam se conhecido no orfanato de meninas, para onde ela fora levada após o assassinato de seus pais. Júlia vinha de um mundo tão ruim quanto o dela e o orfanato não era melhor. No início da adolescência, as duas decidiram fugir para a capital. Viveram nas ruas, uma valendo a outra, conseguindo trocados como podiam. Os abusos e violências não eram novidade, mas elas aprenderam a brigar. E Maria Tereza brigava com tal gana, que virou chefe.

Então, vieram as *beneméritas*, as damas que sabiam acompanhar homens ricos e que lhes ofereceram uma forma mais fácil de ganhar dinheiro, com menos briga e mais comodidade. Júlia seguiu uma, Maria Tereza outra. Daí os caminhos delas se distanciaram.

Júlia a procurou há uns 2 anos. Estava tísica, ia morrer. Tinha um filho, Jair, e queria que Maria Tereza zelasse por ele. Não era preciso adotá-lo, ela não fazia questão, e o menino nunca ia aceitar. Era violeiro, se virava. Apenas não desejava que ele morresse por aí, que tivesse a quem buscar num aperto e, que se algo acontecesse, houvesse quem o reclamasse para lhe dar nome.

Maria Tereza nunca vira o menino. Tentara achá-lo após saber da morte de Júlia, mas nunca o encontrou. A cidade se fechara para sua busca, porque o garoto não a queria por perto. Ela usou os meios que tinha, seus contatos com o povo da rua, os que a conheciam, os que a temiam de seu tempo de chefe de bando de trombadinhas. De todos os seus esforços, tudo que conseguiu foi ser avisada quando o garoto desapareceu. E agora, agora... havia todo esse horror em torno dos sumiços.

Tomou seu desjejum e desceu para a agência, lendo um dos jornais que o menino de entregas havia arremessado em sua sacada. Sentiu cheiro de café fresco. Firmino estava operando a chaleira sobre o coador de pano e Remy atirado em sua poltrona, as pernas estendidas e os olhos fechados. Observou as caras cinzentas.

— Estão horríveis, meninos — disse à guisa de bom dia. — Noite ruim?

— Instituto de Medicina Legal e delegacias sem conta. Alimentei minha máquina diferencial com os dados que recolhi. Devemos ter o resultado em poucas horas. E ainda voltei para a Sede da Polícia para pegar um depoimento do Moresco — respondeu Firmino largando a chaleira e fitando a água descendo pelo pó com desalento.

— Ontem fui ao Templo dos Mistérios, conversar com Mestre Henrique, e o resultado da conversa, como previa, não foi nada satisfatório. Mal consegui dormir — resmungou Remy.

Maria Tereza movimentou a cabeça num aceno de quem imaginava noites e dias como aqueles para todos dali para frente. Depois, sentou junto à sua ampla mesa, cuja madeira escura fora coberta com um detalhado mapa do Rio de Janeiro encimado por uma chapa de vidro.

Ela jogou o exemplar do jornal A Tribuna Popular sobre a mesa, à vista deles.

— Primeira página — disse incomodada, aceitando a xícara de café que Firmino lhe entregava.

O BARÃO DO DESTERRO E A SUA ALCOVA DA MORTE!

TUDO SOBRE O CRIME QUE ABALOU A SOCIEDADE CARIOCA

Há meses que os moradores do Rio de Janeiro aguardavam com ansiedade pela inauguração da obra que prometia mudar o horizonte da nossa capital, desde que o senhor Marques de Souza, vulgo Barão do Desterro, anunciou o projeto à sociedade carioca. E a referida obra o fez, ficando, entretanto, à sombra de um misterioso crime ocorrido enquanto políticos, empresários e artistas comemoravam o empreendimento de grande feita e formidável execução.

No exato momento em que o Barão, o atual proprietário do Corcovado e construtor da estátua que o espelhou em quarenta metros de altura, discursava, um de seus empregados, Pedro Flores, foi assassinato em uma das salas subterrâneas do futuro complexo turístico.

"A área já está liberada para as visitações", afirmou o prefeito Souza Neto, preocupado com as repercussões de tal crime. "Não economizaremos esforços e recursos para resolver este enigma o mais breve possível", defendeu o delegado Teixeira Ramos, um dos responsáveis pela investigação.

Quanto ao chefe de polícia, Carolino Nunes, disse que estavam direcionando todo o policiamento do Distrito Federal para esta investigação. "O Barão é uma das figuras mais importantes para o desenvolvimento desta cidade, senão deste país. Queremos o mais breve possível achar o culpado, claro", afirmou.

Já o principal responsável pela obra, o Barão do Desterro, cuja entrevista coletiva publicaremos na edição dominical, mostrou-se absolutamente calmo e confiante na capacidade de nossas forças policiais. Quando perguntado sobre a morte em suas dependências, o Barão foi taxativo:

"Não admitirei que meu nome seja associado a esse triste incidente. Ainda estamos buscando os culpados e caso não o encontremos, eu mesmo ofertarei recompensa de monta a qualquer informação que possa nos ajudar. A estátua que erigi no alto do Corcovado exemplifica minha postura diante das vítimas de crimes como este: serei cordial e paternal com os necessitados, mas também vingativo para com os culpados", disse o Barão, entre aplausos.

Nosso editorial, todavia, não está tão tranquilo. Ao que tudo indica, o Barão não está sendo totalmente claro quanto às suas iniciativas comerciais e também sociais, apesar de ter passado os últimos anos apoiando organizações filantrópicas.

O atual estado de nossa força policial também não nos revigora. Uma fonte anônima diz que o desespero público é tamanho que já recorreram a forças investigativas privadas, como a Agência Guanabara Real.

Não descansaremos até esclarecermos aos nossos leitores o enigma do Corcovado, a morte de Pedro Flores e os mistérios que envolvem essa soturna Alcova da Morte.

Por Neli Baidal

— Esperava algo diferente? — perguntou Firmino, depois de finalizar a leitura do texto. — Fomos até mencionados na matéria.

— Este não é o tipo de propaganda que desejamos, Firmino. — Ela aspirou com prazer o café que ele lhe entregara. — Essa exposição toda me intriga. Desde quando um assassinato em meio a tantos figurões tem tanta repercussão? Se tivesse sido no centro da cena, eu compreenderia, mas foi nos bastidores. Poderia muito bem ser abafado. O próprio Barão não teria interesse em embaçar sua grande inauguração.

— Sua amiga Neli não é uma jornalista fácil de abafar — comentou Remy de olhos novamente fechados.

— Os outros jornais não estão diferentes — disse Maria Tereza. — Neli é apenas a mais incisiva.

— Quando há grande repercussão em casos assim, em geral, eles se apressam em dizer que não foi assassinato, mas um simples acidente de trabalho — comentou Firmino.

— Exato! — concluiu Maria Tereza.

Firmino colocou uma caneca de café na mesinha de uma única perna, terminada num tríplice apoio, ao lado da poltrona de Remy. Depois, dirigiu-se para sua própria escrivaninha, coberta de ferramentas e utensílios alinhados, em frente a uma parede coberta de livros. Firmino bebericou o café abrindo sua pasta.

— Acredita que essa manchete quer dizer alguma coisa específica, Tereza?

— Você não, Firmino? O assassinato na primeira página de todos os jornais? Quando esta deveria ser sobre a inauguração da estátua do Corcovado. O grande triunfo do Barão. Não... — Ela moveu a cabeça bebendo mais um gole de café. — Não sei quanto a vocês dois, mas meus instintos estão berrando.

Firmino se recostou no espaldar da cadeira após ter tirado da pasta todos os relatórios do dia anterior.

— Bem, depois do que vi ontem, os meus também — ele fez uma pausa. — Os do Remy estão de ressaca.

Remy abriu os olhos e encarou o colega com ar de mofa. Depois, enfiou a mão no bolso interno do paletó, retirando dali uma pequena garrafa com um líquido cor de âmbar. Ele virou uma porção generosa no café e provou. Para irritar Firmino, ofereceu a ele a bebida, rindo em resposta de sua recusa.

Firmino fechou o semblante e Maria Tereza jogou o jornal sobre as pernas de Remy.

— Olhe essas duas fotos com calma — sugeriu para desviar a provocação. Por vezes parecia trabalhar com dois adolescentes. Depois, voltou-se para Firmino. — O que você encontrou, Firmino? Não poupe detalhes.

Não era algo que se precisasse pedir a ele. O engenheiro foi preciso e meticuloso em suas descrições.

Enquanto isso, Tereza pensava. Tantos desaparecimentos. Tão poucos corpos encontrados. As possibilidades que passavam pela sua cabeça a arrepiavam até a alma. E o caso do Corcovado também lhe parecia inquietante. Ninguém vira qualquer pessoa fugir do local do crime. Seria Moresco o real assassino?

Enquanto Firmino falava, ela observava Remy com o canto dos olhos. Obviamente, ele estava em uma de suas manhãs de sombria decadência. Bastava olhar para ele para saber que não voltara para casa tão cedo e que bebera bastante.

Quando as informações de Firmino foram finalizadas, Maria Tereza largou a xícara de café sobre a mesa e encarou Remy.

— Sua vez.

O associado deu um grande suspiro e deixou o jornal cair sobre a mesinha ao seu lado.

— Há duas fotos na manchete. Uma com os pés da estátua iluminados. Não se vê que é o Barão. Na outra, há vários convivas da festa. O Barão não está à vista. Seu nome não aparece na matéria antes da quarta frase. Poucos leem até aí.

— Perfeito — concordou Maria Tereza. — O Barão está no título, mas quem lê dessa maneira, pode imaginá-lo até como vítima. Sabe quem são as pessoas da segunda foto, Firmino?

O colega havia pegado o jornal e analisava a foto com atenção. Negou com a cabeça.

— Não é de espantar não se reconhecer os *figurões* num evento dessa natureza? — questionou Maria Tereza.

— O que está sugerido, MT? — perguntou Firmino. — Que o Barão está envolvido? Meio sórdido, não? Sua amiga Neli não se prestaria ao papel de encobrir isso.

— Não acho que ele está envolvido em nada. Só quero entender em quem a imprensa está querendo colocar a culpa. Neli, por vezes, não se dá conta do jogo que manipula até a sua amada imprensa livre — retorquiu Maria Tereza. — Prossiga, Remy. Sobre ontem à noite e sua visita a Mestre Henrique.

Remy jogou a cabeça para trás num rosnado. Então, retornou com um olhar incomodado.

— Vou poupá-los dos detalhes, se não se opõem. Ao que parece, nosso assassino acredita estar alimentando, invocando e adulando um demônio ancestral.

— Um demônio? — Firmino usou o seu tom mais cético.

— Qual deles? — questionou Maria Tereza sem se abalar. Os dois homens a encararam surpresos. — Não se espantem, meninos. Já tive minha cota de diabos.

— Certo — disse Firmino. — Um demônio devidamente nomeado! Ele tem endereço também?

— Na verdade, Firmino, nem uma coisa, nem outra — completou Remy. — Ao que parece, a entidade em questão é um inominado.

— Como? — perguntou Firmino.

Remy havia terminado o café. Tornou a colocar a mão dentro do paletó, tirando dali um leque, que ele abriu com um movimento amplo e começou a se abanar.

— Trata-se de uma entidade ancestral cujo nome é, ele próprio, uma invocação maléfica — explicou com paciência. — Estou falando, salvo engano, de uma entidade antiga e muito poderosa, que antecede religiões, crenças e qualquer sistematização dogmática.

— Neste caso, como vencê-la? — questionou Maria Tereza.

— Não podemos, querida. Eis aí minha preocupação e meu único desejo: do que vi e ouvi ontem, espero estar enganado, espero que estejamos sendo alvo de um espírito mais jovem e disposto a nos enganar, a nos pregar uma peça.

— Maravilha! — ironizou Firmino. — Isso quer dizer que, no melhor dos casos, estamos atrás de um espírito piadista e, no pior, de um demônio que não pode ser vencido. Quando começamos? Mal vejo a hora de sairmos caçando demônios inominados por aí!

— Não lhe recomendaria, caríssimo. Você morreria na primeira encruzilhada.

Maria Tereza os ignorou. Pegou seu bloco de notas e fez uma série de anotações.

— Não iremos atrás de demônios — disse ela por fim, achando o debate sem sentido. — Não somos exorcistas. — "E demônios não existem", completou Firmino em voz baixa. — Isso não importa realmente, Firmino. Queremos pegar os assassinos, esses sim bem humanos, que acreditam nisso e estão matando gente por um pote de ouro no fim do arco-íris.

Remy retrucou que não era bem um pote de ouro, quando o sino do lado de fora da porta soou. Maria Tereza se ergueu e saiu antes que os dois se mexessem. Voltou um minuto depois.

— Falando no diabo...

— Quem era? — questionou Firmino.

— Da parte do Barão do Desterro. Ele acaba de nos enviar a lista de todos os funcionários que foram contratados para trabalhar na construção do Corcovado. Junto há uma nota se colocando à disposição para quaisquer perguntas que tenhamos. Ontem, Firmino, depois que você me deixou na delegacia, ele tentou nos contratar para investigarmos o caso.

— Sério? — admirou-se Remy. — O que você respondeu?

— Que não, obviamente. Depois do que vimos naquela sala, eu quero liberdade para investigar qualquer um. Inclusive o Barão, se for o caso. E se há algo que sempre me faz suspeitar é alguém muito disposto a responder perguntas, auxiliar investigações e prender os culpados. Além disso, há uma coisa naquele homem que me arrepia. E não é no bom sentido.

Remy se ergueu de um salto e tirou o bilhete das mãos dela, que continuou:

— Parece que ele não quer que tenhamos tal liberdade. Honestamente, se minhas suspeitas se mostrarem verdadeiras, estes assassinatos podem muito bem ser obra de homens ricos e poderosos, envolvidos direta ou indiretamente com o Barão.

Firmino, sempre inquieto com grandes falatórios, pôs-se em pé e pegou seu casaco e sua mala de ferramentas.

— Vou voltar ao Corcovado. Preciso saber mais sobre o dispositivo que matou Pedro Flores.

— Precisamos descobrir quem eram aquelas pessoas que estão estampando os jornais, Firmino.

Ele apenas acenou para Maria Tereza, concordando.

— Eu vou sair com você. Preciso de mais informações sobre demônios inominados ou entidades... qual é mesmo o termo que você usou?... piadistas! — disse Remy, piscando para Firmino e recolhendo a sobrecasaca e bengala. — Preciso das fotografias que você tirou no Corcovado, meu caro.

— Aqui estão — respondeu Firmino, retirando-as do compartimento de sua pasta. — Mas tome cuidado com elas.

— Pode deixar — devolveu Remy, colocando os pictogramas em seu bolso. — Vou buscar uma carruagem. Quer que eu chame um cocheiro para você?

— Não é necessário, Remy. Preciso pensar sobre o caso.

Maria Tereza suspirou fundo, sabendo muito bem o que o engenheiro faria. Em pouco tempo, a geringonça fumacenta de Firmino abandonaria a garagem da agência, atraindo olhares de espanto e admiração. Ela preferiria uma abordagem mais discreta, mas sabia que o engenheiro adorava sua invenção e compraria uma briga desnecessária ao tentar impedi-lo de dirigir pelas ruas do Rio de Janeiro.

Os dois homens saíram, deixando Tereza sozinha, para organizar seus próximos passos. O primeiro deles seria encontrar seus contratantes e, quem sabe, entender um pouco mais sobre os desaparecimentos.

Sobre sua mesa, obscurecendo a porção do mapa em que aparecia a Baía de Guanabara, a lista de empregados e o bilhete do Barão aguardavam suas decisões.

Maria Tereza deixou seu olhar se perder nas letras datilografadas do papel à sua frente.

Rio de Janeiro, 17 de julho de 1892.

Prezada Senhora Floresta,

Espero que este bilhete a encontre, assim como a seus associados, em segurança.

A fim de facilitar o auxílio que estão dando à polícia, envio-lhes a lista completa dos meus funcionários. Talvez entre eles, possam encontrar alguém que tenha informações sobre o triste ocorrido.

De minha parte, estou abrindo as portas de minha vida à polícia e auxiliando a companheira do falecido Flores. Nada poderá trazer o pobre homem de volta, mas ao menos podemos buscar justiça e um pouco de paz.

No que concerne ao trabalho de sua agência, coloco-me também à sua disposição para o que for necessário.

Com profunda admiração, seu criado

Joaquim Francisco Marques de Souza

Barão do Desterro

CAPÍTULO 8

FIRMINO

Rio de Janeiro, 17 de julho de 1892.

Corcovado, 18 horas.

Firmino deixou o escritório e foi até a garagem, onde estava estacionado o seu protótipo de carro-caldeira. O barulho da máquina o ajudava a relaxar e ele precisava de um pouco de paz e tranquilidade. Sabia que os próximos dias seriam trabalhosos e difíceis e era melhor desfrutar, enquanto podia, dos poucos prazeres que possuía.

Depois de alimentar a caldeira do veículo que projetara e construíra, peça por peça, esperou pacientemente que a pressão alcançasse os valores mínimos. Os mostradores subiram e retrocederam algumas vezes até alcançar o equilíbrio. Com um sorriso de satisfação, Firmino girou a manopla e liberou os gases para o sistema. As engrenagens chiaram e resfolegaram antes de impulsionar o levíssimo protótipo para fora da garagem da agência.

Tencionava seguir para o Corcovado e examinar novamente a Alcova da Morte, mas, antes disso, havia trabalho a fazer. Conduziu o carro-caldeira até o Arquivo Público do Império, uma construção simples que se erguia junto ao Ministério Executivo, na Rua Guarda Velha. Ali, consultou o acervo de revistas e jornais atrás de informações sobre os distintos cavalheiros e damas que estampavam as primeiras páginas daquele dia, como pedira Maria Tereza. Infelizmente, levara bem mais tempo do que imaginara e, quando seguiu para o Corcovado, a noite já se aproximava.

No entanto, havia algo que ele precisava tirar a limpo e sabia que seu sono seria inquieto se assim não procedesse. Maria Tereza suspeitava, e Firmino tendia a concordar com ela, que o depoimento do doutor Moresco parecia sincero. E, se havia alguma coisa que Firmino havia aprendido nesses últimos anos a serviço da agência, era que ele poderia confiar nos instintos da detetive.

Pelo menos, na maioria das vezes.

Notadamente, O Caso do Filho Manco do doutor Teófilo fora a exceção que confirmava a regra. Não podia culpá-la de todo. Afinal, ele também caíra na lábia do Padre Quintino. O caso quase lhe custara a vida, mas lhe ajudara a desenvolver uma saudável desconfiança pelos outros.

A intuição de Maria Tereza estabelecia um ponto, pensou Firmino, enquanto dirigia o carro-caldeira pelas ruas de Laranjeiras. Se o doutor Moresco não estava mentindo, Pedro Flores entrou na câmara, o mecanismo de segurança foi acionado e ele foi alvo de uma saraivada de setas envenenadas. Segundo o depoimento colhido junto à polícia, o grito atraiu a atenção dos outros funcionários. Todos afirmaram que o doutor Moresco estava sozinho e que ninguém mais fora visto se evadindo do local. Para o delegado Teixeira, isso colocava uma pedra sobre a hipótese de um agressor externo, o que Firmino concordava, mesmo com relutância.

A questão toda estava centrada no tal mecanismo de disparo. Ele não fora capaz de encontrá-lo. A saraivada de setas que arruinou a sombrinha de Maria Tereza constituía apenas uma prova circunstancial. Não duvidava que qualquer promotor público de quinta categoria pudesse colocar dúvidas suficientes nas mentes de um corpo de jurados sobre a veracidade desta teoria.

Setas envenenadas que partem de lugar algum? Ora, senhoras e senhores, isso é ridículo. Uma fantasia!

Firmino não poderia culpá-los se não acreditassem.

Sabia que a hipótese dos dardos soaria muito mais absurda se não a apresentasse com dados sólidos. E estava disposto a encontrar o mecanismo, nem que fosse preciso arrebentar a Câmara oculta, pedaço por pedaço.

Depois de estacionar o carro-caldeira em uma rua silenciosa e sossegada, a algumas quadras dali, Firmino preferiu comprar um tíquete como um visitante qualquer e subir até o morro como turista, do que perder um tempo precioso explicando quem era ou o que estava fazendo ali.

Subiu em um vagão com uma família barulhenta que parecia recém-chegada do interior. Suas roupas, trejeitos e modo de falar os denunciavam como planaltinos. O casal de filhos sorrira para ele e a senhora o cumprimentou, simpática, enquanto o homem lhe tirou o chapéu. Ele respondeu aos cumprimentos com educação e deu um jeito de escorregar a luva da mão eletroestática, arrancando vivas de prazer das duas crianças e uma expressão de horror dos pais.

Despediu-se deles na saída e buscou o prédio da administração. Depois de lhe indicarem a entrada de serviço por duas vezes, foi encaminhado para o inspetor Marques, que fora encarregado pelo delegado Teixeira a permanecer no local do crime até que o caso fosse resolvido:

— Você de novo?

— Preciso examinar novamente a alcova — respondeu-lhe Firmino, sustentando o seu olhar por um longo minuto.

Resmungando baixinho, o inspetor o conduziu até o fatídico corredor que visitara duas noites atrás.

Firmino entrou na câmara e, com um sorriso de dentes salientes, cerrou a porta atrás de si, mergulhando na densa e opressiva escuridão. Com um gesto rápido, sacou a lâmpada galvânica e lançou sombras compridas atrás de si.

Com cuidado, examinou a posição onde encontrara o corpo. Os policiais haviam riscado uma linha de giz ao redor da vítima. Boa parte da marcação já havia desaparecido, mas algumas linhas tênues ainda eram visíveis, o suficiente para que ele pudesse ter uma ideia aproximada da composição da cena do crime.

Colocou os pés onde calculara que Pedro Flores estava quando recebeu a saraivada de setas fatais. Com a mão, iluminou à sua frente, girando lentamente os goggles, passando de um filtro para outro, tentando encontrar qualquer discrepância, por menor que fosse, nas paredes escuras da Alcova da Morte. Quem pensaria num nome tão ruim?

Então, ele viu. Mas fora tão rápido e fugaz que ele acionou o próximo filtro antes que seu cérebro processasse o que vira. Retornou ao último filtro, o penúltimo, e voltou para o anterior ainda, até encontrar novamente o vislumbre do que lhe pareceu um ponto avermelhado.

Tomando o cuidado de não piscar, aproximou-se vagarosamente da parede, sem perder de vista o minúsculo ponto. Com a luz galvânica irradiando a sua máxima potência e com os goggles na posição de magnificência, ele encontrou. Não era visível a olho nu e mal era percebido com o roçar dos dedos, mas havia algo estranho ali, um material diverso da pedra nua da câmara.

Sem tirar os olhos do pequeno ponto, puxou um lápis do paletó e marcou o melhor que pôde a localização. Desligou a luz, piscando os olhos várias vezes enquanto sombras dançavam na sua íris, e voltou a abrir a porta da câmara.

— Preciso de uma picareta, formões e um martelo.

A sua voz fora tão altissonante que o inspetor Marques se viu obedecendo antes mesmo de pensar a respeito.

Firmino se livrou do paletó e do colete, descansou o chapéu na pilha cuidadosamente arrumada, arregaçou as mangas e colocou os goggles em posição de proteção. Logo, a batida seca dos formões na parede ecoou nos corredores do complexo, confundindo-se com o maquinário do trem e da estátua, além das obras de ampliação que continuavam no interior da montanha.

Foi um trabalho lento, exaustivo e cuidadoso. Como um arqueólogo, Firmino tinha medo de acertar uma martelada em algum lugar frágil e destruir o dispositivo que esperava descobrir ali. Mas, para a sua sorte, o idealizador daquela máquina assassina parecia ter orgulho do seu trabalho e a envolvera em uma espécie de cofre de segurança.

O engenheiro-detetive pediu por mais lanternas e o inspetor, visivelmente curioso com o achado, o atendeu, trazendo lampiões que lançaram chamas tremeluzentes por toda a câmara.

— É uma espécie de lançador de baixa velocidade — disse Firmino, examinando o mecanismo e aproveitando a presença do funcionário para externar suas opiniões. Sempre achou melhor ouvir o som da própria voz quando estava pensando, mas temia o ridículo de ser ouvido falando sozinho.

— E o que diabos é isso? — perguntou o inspetor, torcendo os bigodes.

— Uma arma como qualquer outra — resmungou, girando os goggles. — Mas com uma quantidade de pólvora rigidamente calculada para disparar em velocidade menor do que uma arma comum.

O inspetor Marques piscou os olhos, sem entender.

— Por quê?

— Posso lhe citar vários motivos, mas imagino que isso seja para evitar que os projéteis se esfacelassem em pleno ar.

— Isso é um absurdo!

— Para uma bala de níquel ou cobre, sim, mas não para setas envoltas em veneno. Veja isso aqui: é um temporizador de quartzo vibratório. Ele foi acionado quando a porta se abriu. Havia quatro pentes com setas. Se alguém se aproximasse, o pente era mergulhado naquela substância esponjosa, que deve conter o veneno. Então, a máquina dispara. Está vendo estes dois mecanismos? O primeiro deve estar ligado de alguma forma à entrada. Quem construiu isso aqui deve ter implantado esta salvaguarda. Algum botão de pressão, semelhante ao usado na porta, podia destravar o dispositivo.

Firmino fixou seu olhar, unindo suas hipóteses e formando uma proposição enquanto falava.

— Pedro Flores deve ter descoberto a entrada e resolveu chamar o engenheiro Moresco antes de examiná-la. Quando desceram, ele foi na frente e, sem saber da armadilha, avançou.

— Armadilha? — repetiu o inspetor Marques, dando um passo para trás, o medo estampado nos olhos.

— Mas é óbvio! Não está vendo? Uma máquina que dispara setas embebidas em veneno em qualquer pessoa que ouse entrar aqui sem saber como desativá-la.

— Isso é diabólico!

— Mas brilhante. O construtor de tal mecanismo é um engenheiro de rara habilidade.

Firmino meditou por alguns segundos antes de voltar a se vestir.

— Tranque a sala. O delegado Teixeira vai querer ver isso e vai lhe custar mais do que o emprego se alguém entrar aí dentro sem a devida autorização.

Marques acenou com sofreguidão, feliz por poder sair dali.

Firmino se afastou com os passos largos, a mente processando em altíssima velocidade enquanto tentava estabelecer conexões entre o caso presente e tudo o que ele vira nos últimos anos, trabalhando para a agência de detetives Guanabara Real.

O vagão que descia o morro chacoalhava de um lado para o outro enquanto ele repassava os dados do caso. A estranheza dos detalhes, os arabescos escritos em sangue, a armadilha mortal... Tudo aquilo era tão estranho que, em algum momento, seu subconsciente relaxou e ele baixou a guarda enquanto deixava o morro e se dirigia ao carro-caldeira estacionado adiante.

A tarde se esvaíra para uma noite quente quando o hálito de aguardente e um odor de colônia atingiram suas narinas. O cano frio da arma encontrou suas costelas assim que ele alcançou a rua. Uma voz riscada murmurou em seus ouvidos:

— Não se vire. Tenho uma proposta. Uma proposta honesta. Você vai voltar ao Corcovado e usar sua autoridade para desaparecer com o mecanismo. Tenho um conto de réis para que você suma após isso. Ou uma bala, caso opte por me desobedecer.

Firmino sorriu, não porque duvidasse das palavras do assassino, mas porque sabia que o homem falava a verdade.

— Vamos deixar algo bem claro — disse ele calmamente. — O senhor deve saber quem sou, já que me procura. Dar-lhe-ei, porém, meu ponto de vista. Sou um engenheiro de profissão, transformado em detetive pelo destino. Eu não sei fazer mais nada além de criar mecanismos e desvendar enigmas. Não tenho outras habilidades, aspirações ou hobbies. Não tenho predileção pelo teatro de variedades e vejo nas belas artes apenas o desperdício do intelecto humano. Tiro minha própria satisfação ao resolver charadas. Dinheiro é importante, sem dúvida, mas você não pode comprar isso.

— Você é esperto. Não sabe qual é a alternativa?

— Um tiro na nuca — respondeu.

— Então, por que não aceitar a minha oferta?

— Porque, para me matar, você precisa me acertar antes.

— Que...

A banda de ré, uma rasteira que varre o pé de apoio do adversário, foi aplicada com a precisão de quem aprendera capoeira desde a mais tenra idade. O homem obeso, algo que Firmino já adivinhara pela respiração forçada, desequilibrou-se e tentou apertar o gatilho, mas o engenheiro foi mais rápido e aplicou uma sequência de esquivas, acertando a mão do matador com um tapa lateral.

A arma quicou na rua de pedra enquanto o oponente se estatelava no chão. Firmino poderia aproveitar a oportunidade para fugir, mas não era de seu feitio se evadir de uma luta, principalmente em relação àquele caso. Crianças e jovens estavam desaparecendo nas ruas do Rio de Janeiro e ele se sentia impotente. Ter a oportunidade de socar alguém era algo pelo qual ansiava há algum tempo.

O homem se levantou com os olhos frios de um matador acostumado com a sua profissão. Com um urro baixo, lançou-se contra Firmino, que aplicou uma esquiva de resistência, agachando-se para o lado enquanto apoiava a mão no chão. O homem passou no vazio e Firmino o golpeou em uma sequência rápida, com um chute lateral com o peito do pé seguido de uma chapa, um coice para trás que derrubou o matador novamente.

Firmino gingou de um lado para o outro, os movimentos graciosos como uma dança bem coreografada, confundindo o adversário, que respirava com dificuldade. O matador se ergueu com uma mão nas costelas, acusando o golpe, arrancando um riso maroto do engenheiro. Aplicar dor nos meliantes era um dos poucos prazeres que ele se permitia.

— Você está morto, negro de merda.

— Ficaria rico se ganhasse um conto a cada vez que ouço isso — respondeu, gingando para o lado enquanto o homem se aproximava.

O meliante era experiente no ofício. Sabia quando estava em desvantagem. Firmino era alto, esguio e um hábil lutador. Não poderia vencê-lo em uma luta franca. Estava na hora de usar alguns dos seus truques, aprendidos à duras penas enquanto crescia nas ruas e adquiria sua fama.

Ele fingiu se aproximar, ao que Firmino respondeu com uma tesoura baixa, tentando trançar suas pernas, mas ele já esperava por isso. Recuando um passo, o golpe do engenheiro passou no vazio e o matador acertou um violento coice em sua coxa, arrancando-lhe um uivo de dor. Firmino se afastou, mancando, os dentes trincados.

E, então, ele avançou, os dois punhos em riste. Firmino fugiu com uma estrela, aplicando uma pirueta lateral apoiada nos dois braços, tentando manter-se distante do matador enquanto sentia a dor irradiar da perna até o quadril. Ele mal podia colocar o pé no chão, quanto mais usar a perna para golpear. Dependia unicamente das mãos e essa era uma desvantagem e tanto. Ele pesava uns quarenta quilos a menos do que o oponente, e boa parte da sua ginga de capoeirista se baseava em saltos e rasteiras, impossíveis de aplicar sem um pé de apoio.

O matador voltou a se aproximar e Firmino saltou num pé só, como um Saci, mantendo a distância. Mas o movimento logo o cansou e o inimigo atacou.

O primeiro soco atingiu somente o vazio, pois ele ainda conseguiu uma esquiva de queda, lançando-se para trás e apoiando as duas mãos no chão. Suas costas se vergaram e ele deu um último mortal, completando a cambalhota no ar e caindo em pé.

A dor na perna o lancetou e sua visão obscureceu por um segundo. Foi o suficiente para que o assassino de aluguel acertasse o lado esquerdo do seu corpo.

Firmino sentiu as costelas vibrarem e suas entranhas se contorceram. Ele tentou uma cotovelada, mas o golpe saiu lento e o matador conseguiu se esquivar.

O homem não iria desistir e atacou novamente. Firmino conseguiu desviar do primeiro golpe, mas o segundo abriu-lhe o lábio. Ele cambaleou e mais dois socos o acertaram, arrancando o ar dos seus pulmões e fazendo-o cair de quatro.

Sua mente gritava contra o corpo, impulsionando-o a se levantar, mas seus músculos pareciam geleia. Derrotado, sentiu o matador o agarrar por trás, braços fortes pressionando o seu peito enquanto entrelaçava os dedos gordos.

Sua respiração, prejudicada pelos golpes recebidos no dorso, ameaçava falhar frente ao abraço mortal. Pontos escuros surgiram em seus olhos. Ele abriu a boca, mas a falta de ar nos pulmões impedia-lhe que implorasse por ajuda. Viu alguns vultos passarem ao largo, apressados, mas sabia que ninguém pararia para auxiliar um preto brigando contra um branco. Seria morto ali mesmo, na frente de todos, e provavelmente o matador ainda cumprimentaria os passantes antes de fugir do local.

Ainda havia uma última esperança. Nunca usara aquele subterfúgio antes, pois temia que as consequências pudessem ser desastrosas para si, mas não havia alternativa. No máximo, poderia morrer junto com o algoz e esperar um enterro digno, pago pela agência. Remy ainda passaria horas rezando pela paz de sua alma, comungando sabe-se lá com quantos deuses.

Não! Não iria permitir isso!

Com um último esforço, contraiu o punho, acionando o único botão da mão mecânica que ele sempre se recusara a usar. A eletricidade estática do ar se condensou e faíscas e fagulhas irromperam enquanto a bateria era carregada.

— Mas que mer...

Quando um silvo agudo anunciou que a bateria atingira a potência máxima, Firmino cravou a mão eletroestática no braço do oponente, descarregando toda a eletricidade acumulada.

O matador nunca soube o que lhe atingiu.

Firmino ouviu um berro e, por um momento, não soube dizer se era dele ou do matador. Então, o cheiro de carne queimada atingiu suas narinas enquanto ele deslizava para o chão, subitamente liberto dos músculos flácidos e sem vida. Ele ainda ouviu o baque de um corpo pesado caindo no chão, um pouco antes da sua visão obscurecer pela última vez.

CAPÍTULO 9

REMY

Rio de Janeiro, 17 de julho de 1892.

Praia Vermelha, 17 horas.

Depois de um dia de reflexão e estudo, revisando seu diário arcano e atualizando nele suas últimas inferências e suspeitas, Remy concluiu que precisava de ajuda especializada. Uma coisa eram as suas descobertas, falseadas por Firmino e analisadas por Maria Tereza. Outra bem diferente seria a confirmação de uma pessoa que havia dedicado sua vida ao estudo dos mistérios arcanos.

— Para onde, senhor? — perguntou o cocheiro, naquele final de tarde.

— Para a casa de uma especialista em feras — respondeu Remy, dando o endereço da historiadora religiosa e ocultista renomada Catarina Volkov.

Tratava-se de uma mulher que Remy visitava com insuspeita frequência. De origem russa e ascendência cigana, a família de Volkov havia há muito partido, deixando-a com uma boa herança e um majestoso sobrado na Praia Vermelha.

Diferente de tantas relações que Remy tinha construído e destruído em sua vida, Catarina continuava sendo uma de suas companhias mais apreciadas. Obviamente, o fato de ele algumas vezes levá-la até a cama e passar a noite em seus braços dava ao arranjo um tom de romance secreto, mesmo que esporádico.

Catarina tinha mais de cinquenta anos e nunca se casara, um escândalo em seu meio familiar. Tinha sido decisão necessária para aquela mulher que desde jovem aprendeu a apreciar a companhia dos livros em vez da dos homens.

Não querendo ser conquistada, dominada e confinada — termos usuais para se referir a normativas afetivas, maritais e sexuais no que concernia ao seu gênero —, decidiu ficar sozinha e herdar a casa e os réis do pai desgostoso e da triste matriarca. Diferente dela, Catarina dedicou sua vida a estudos e viagens, tendo publicado tomos esotéricos em português, alemão e russo. Sua especialidade eram as mitologias indígenas das Américas.

Como mulher independente, nunca se prendeu a ninguém, sabendo que interpretaria muitos papéis, mas nunca o doméstico. Desse aprendizado liberal e errático, percebera que a amizade era uma arte quase esquecida e o sexo, de forma geral, uma prática superestimada.

Em vista disso, passou a experimentar vários e várias amantes, em casas nem um pouco aconselhadas a puritanos ou cardíacos.

Foi num desses locais que, seis anos antes, conhecera Remy.

Gostou logo dele, por se tratar de um homem de gostos refinados e ideias singulares. Quando começaram a conversar, encontraram na companhia um do outro o tipo de afinidade que fundamenta as fortes relações, quando não as poderosas paixões.

Passarem do gabinete das conversas à alcova dos suspiros não demorou. Findada a primeira partida de seu jogo erótico, executada nos tabuleiros dos corpos, voltaram à animada conversa anterior. Quando o sol nasceu naquela casa de deliciosos pecados, voltaram ao sexo com a mesma intensidade com que haviam se dedicado à dança dos espíritos.

E foi assim que se apaixonaram, sabendo, entretanto, que deveriam cuidar daquele afeto como amizade, nunca como amor, uma vez que nem ela nem ele tinham tempo ou paciência para a rotina maçante que acomete os enamorados, que tristemente resolvem matar a paixão ao abraçar o matrimônio e a sonolência do dia seguinte.

"Que eu seja a última coisa vista antes de dormirem, mas nunca a primeira ao acordarem", era um dos lemas de Remy, acostumado aos prazeres sensuais tanto quanto aos tesouros da solidão. Desde então, se encontravam com periodicidade mensal, alimentando a saudade e o desejo de um novo reencontro.

Mas naquele cinzento dia de inverno, a visita de Remy tinha outra razão.

Depois de visitar a selva na noite anterior e ter um vislumbre das bestas que a habitam, era chegada a hora de consultar um adequado bestiário. E ninguém melhor do que Catarina para ajudá-lo a compreender os eventos passados e a diferenciar fatos sangrentos de ficções místicas, ou ainda pior, de embustes demoníacos. Ademais, Remy esperava que Catarina pudesse tranquilizá-lo de suas suspeitas e o convencesse de que tudo não passava de um fenômeno terrestre e mortal, nascido da cobiça humana e do fanatismo tacanho de ricaços entediados.

Quando Remy chegou ao sobrado da Praia Vermelha, foi recebido pela historiadora com a sua costumeira hospitalidade. Remy, como sempre fazia, havia enviado à amiga uma mensagem informando que precisava vê-la com urgência.

Catarina o recebeu com um vestido sóbrio e discreto, sobre o qual imperava uma joia avermelhada e brilhante, pendurada na ponta de uma fina corrente dourada. O corpo magro, os ossos compridos, os seios grandes, não menos atraentes por causa da idade, e os fartos cabelos crespos e grisalhos deixavam-na ainda mais bela aos seus olhos.

Naquele dia, entretanto, havia uma sombra abaixo dos olhos de Catarina e uma tosse insistente que entrecruzava o ritmo de sua voz.

— Você está bem? — perguntou, depois de beijá-la.

— Sim, caro amigo. A noite foi insone e esse resfriado não vai embora.

Como em outras vezes, Catarina o guiou ao seu gabinete de trabalho, um cômodo amplo que também usava como biblioteca. Entre livros ancestrais e incensos, uma reluzente máquina de mecanografia ocupava lugar de destaque. Era ali que Catarina tomava suas notas e escrevia suas monografias, o tiquetaquear das teclas embalando seus próprios pensamentos.

Um chá os esperava, pois ainda era muito cedo para a garrafa de vinho que ambos adoravam depois do anoitecer. Ademais, teriam uma longa conversa pela frente.

Remy não demorou a entrar no assunto e a sumarizar a Catarina os eventos dos últimos dias, desde quando fora chamado por Maria Tereza ao Corcovado até seu nefasto encontro com Henrique. Ela tinha ciência de todos esses personagens no romance que era a vida de Remy, não necessitando de quaisquer apostos informativos.

Em minutos, ele apresentou à amiga os fatos mais importantes sobre os possíveis assassinatos, a julgar pela quantidade de sangue espalhado na sala mortífera, e suas preocupantes ideias sobre a natureza daqueles crimes e dos signos sinistros que passara a investigar.

— Deixe-me vê-los, Remy — pediu Catarina.

Os dois amigos ficaram em pé, próximos à mesa de madeira alocada no centro do escritório cujas paredes foram decoradas com cortinados sóbrios e douradas lombadas de livros. Remy espalhou sobre a mesa diversas fotografias, exceto uma.

Depois de analisá-las por alguns instantes, Catarina soltou um risinho baixo e disse:

— Parece que a lógica que norteia a escolha desses símbolos é o caos, meu caro, e tenho certeza que você notou isso. Temos aqui uma alusão ao deus apache da morte, outra ao deus grego dos ventos, ainda outra ao demônio africano da guerra, ou esta, que referencia uma obscura divindade japonesa, além deste sintagma, que aponta ou para o bode dionisíaco ou para o diabo cristão. Digo, você não pode estar achando que há alguma coisa de verdadeiro nessa cacofonia esotérica... — Catarina silenciou ao olhar para Remy e perceber sua inquietação. — Há mais um símbolo, não? Mostre-me.

Remy realocou as fotos sobre a mesa, posicionando-as de acordo com a cela obscura de onde elas foram tiradas, deixando um espaço vazio em seu centro. Neste, descansou o último pictograma.

— Isso é impossível. Este símbolo é... desconhecido por praticamente todos os especialistas, trata-se de... — Catarina estava estudando em sua mente todas as possibilidades. — Mas... não pode ser. Não há ninguém nestes meus anos de estudo que tenha sequer se referido a esta criatura... exceto...

Ela silenciou e começou a procurar por livros nas várias estantes do escritório. Enquanto isso, Remy fitava na janela o sol que desaparecia atrás do Morro da Urca.

Catarina espalhou sobre a mesa, acima das fotos, quatro tomos de demonologia e outros dois de ciências arcanas. Alguns daqueles livros eram raros, tendo sido conquistados ao longo dos anos após muitas buscas e negociatas. Maculando suas páginas carcomidas do tempo, poeira e mofo que fizeram os dois tapar as narinas.

— É disso que estamos falando? — perguntou Catarina, mostrando a Remy uma série de imagens que, apesar de pertencerem a épocas e culturas diversas, remetiam a mesma ideia: a de uma criatura monstruosa e gigantesca, um vácuo devorador de vidas e mundos na forma de um corpo imenso, com muitos braços, olhos e bocas monstruosas. Para os gregos, era Cronos. Para os judeus, Baal. Para os babilônicos, Panzu Misrael. Mas não eram nomes verdadeiros, apenas tentativas humanas de catalogar o que não poderia ser compreendido ou invocado.

Remy sentou em uma cadeira próxima, cruzando as pernas e respirando profundamente. Catarina prosseguiu.

— E a lista poderia continuar — disse ela, — uma vez que cada cultura tem uma versão correlativa para o deus antigo da morte e da destruição. Mas todas elas não passam de versões mais recentes, de releituras modernas de uma criatura ou de um medo mais antigo, justamente aquele nomeado neste pictograma.

Catarina agora segurava a imagem a poucos centímetros de seus olhos, afastando-se da mesa com seus livros antigos e suas modernas fotografias.

— Como seria possível que este símbolo, tão primitivo e esquecido, pudesse renascer aqui, hoje? Olhando para esta fotografia... trata-se de um sigilo que nomeia...

— Eu sei o que ele nomeia, minha cara — respondeu Remy, interrompendo-a.

Catarina estudou-o por alguns instantes e então suspirou, antes de perguntar:

— Quantas vezes conversamos sobre espíritos e fantasmas, demônios e monstros noturnos, pesadelos vivos e entidades mortas? Quantas vezes, nesses anos, abrimos infernálias medievais, documentos profanos, manuais de demonologia e outros escritos e impressos malditos que assustariam qualquer historiador? Quantas vezes, meu caro, dissecamos relatos de bruxaria, possessão e outros mistérios? — Remy olhava-a, sabendo que aquelas perguntas eram retóricas. — No entanto, em nenhuma vez eu o vi...

—... com medo — completou Remy. — Sim, Catarina, esta palavra define precisamente meu atual estado de espírito. Basicamente, prevejo duas possibilidades. De um lado, temos um místico poderoso e experiente, sacrificando essas vítimas a alguma divindade egoísta que está apenas interessada em pregar uma peça e se divertir, como boa parte dos espíritos faz. Neste caso, lidamos, em última instância com um assassino que está agindo por fanatismo demoníaco ou por lucro abjeto, se pensarmos que ele pode ter asseclas ou discípulos. Mas esta, mesmo com todas as suas implicações, ainda é a opção mais desejável, não?

Catarina desviou seu olhar de Remy e fitou os livros enfileirados atrás de si, livros nos quais buscava conhecimento, respostas, consolos, mesmo que imaginários. Por fim, assentiu.

— Por outro lado — continuou Remy, — a segunda opção prevê um espírito milenar, que precede todas as religiões e lendas, exceto se o tomarmos pela própria morte. Uma criatura mais antiga que estas terras e, talvez, mais velha que este planeta. Falamos de um vórtice de destruição e morte, de um vácuo cuja principal meta é trazer a noite eterna, uma criatura que se alimenta de sangue e espíritos, e contra quem não temos nenhuma proteção.

Remy perdeu o fôlego, enquanto procurava auxílio e exílio nos olhos de Catarina. Ela, por fim, sorriu e depois riu alto, sendo seguida por Remy. Ambos tentavam afastar o peso daquelas palavras e o horror daquela conversa, talvez pressentindo que aquele momento seria seguido de um silêncio de vozes e de um bem-vindo diálogo de corpos.

Foi quando as risadas foram interrompidas pela queda de um quadro em uma das paredes.

E então outro objeto despencou, agora de cima de uma mesa de canto. Para depois ser seguido de um livro e depois de outro, até que o rosto de Catarina não mais mantinha a confiança de minutos antes. No rosto de Remy, o mesmo pavor.

Por fim, uma prateleira inteira de objetos pessoais, velhos relicários e estatuetas que Catarina havia trazido de suas viagens, virou em direção ao centro do gabinete caindo sobre eles. Remy rapidamente empurrou Catarina e por poucos centímetros não foram atingidos pelo pesado móvel e seus utensílios. Nenhum dos dois, tão acostumados a discutir e pensar o mundo do além, sabia o que fazer.

Depois de mais alguns objetos vibrarem, alguns chegando a despencar ao chão, o silêncio voltou ao recinto, exceto por suas respirações.

Catarina se apoiou na mesa onde há pouco eles espalharam seus livros e fitou Remy uma última vez, antes de desabar ao chão.

Remy correu para socorrê-la e levou-a até o divã. Catarina pediu que lhe trouxesse água e o medicamento que estava na primeira gaveta de sua escrivaninha de trabalho.

— O que está acontecendo? — perguntou ele, depois de lhe dar de beber.

— A vida, meu caro, e esses sustos — disse ela, ainda sem fôlego. — São os meus pulmões e eles estão doentes há muito tempo. Dê-me sua mão. — Ela levou-a até o seu peito.

Remy sentiu na ponta de seus dedos o pulsar incessante e descompassado de sua respiração.

— Por que você não me disse? — perguntou.

— Porque eu não queria que você me olhasse com esses olhos de piedade e desalento, meu querido. Lembre-se, sempre desejei um amante, nunca um filho.

Remy a beijou delicadamente nos lábios.

Objetos voltaram a cair e a sacudir, com um vento disforme e terrível explodindo a janela e fazendo voar papéis e folhas dispersas, para o horror de Remy, que agora via a respiração de Catarina começar a falhar. O que quer que os atacou há minutos agora voltava, mais forte e mais poderoso.

Os olhos de Catarina desviaram dos seus e então se fecharam.

Remy pegou-a nos braços e saiu porta afora, ignorando a ventania e os objetos que voavam contra ele e sua amiga. Quando deixou, por fim, a biblioteca, ouviu a voz, o mesmo som terrível que o assolara na noite anterior, no templo arcano de Henrique.

Não querias me conhecer?

Remy correu em direção à porta principal e abriu-a, deixando o pavor daquela aparição e seus efeitos para trás. Ele levou Catarina à carruagem e ordenou que seguissem para a Casa de Misericórdia.

Enquanto o carro sacudia violentamente, em razão da velocidade com que o cocheiro chicoteava os cavalos, Remy abraçava Catarina.

De seus lábios, um maligno fio de sangue noticiava que ela não resistiria por muito tempo. Num renovado sofrimento, ela acordou, cuspindo sangue e saliva sobre a roupa de Remy.

— Minha querida, lembre-se de que você é forte como os lobos. Lembre-se dos lobos! — disse Remy à amiga, remetendo ao significado de seu sobrenome. — Eu sou dos Ventos e você é dos Lobos, meu amor — disse ele entre lágrimas, lendo no livro dos olhos dela a morte que prenunciava sua própria chegada.

Em resposta, um último resquício de vida surgiu.

— Procure... busque... por... Eva — sussurrou ela, entre tossidas, antes de voltar à inconsciência.

Ao chegar ao Misericórdia, Remy pediu que ela fosse atendida com rapidez, pedido que só foi atendido depois dele pagar a taxa de internação.

Cinquenta minutos depois, um médico de cabelos brancos veio informar a ele que Catarina estava em coma e que poderia não mais acordar.

— Trata-se de uma infecção pulmonar. A doença se espalhou. Ela está condenada e deveria saber disso há algumas semanas. Não há quase nada que possamos fazer agora, a não ser esperar.

Desprezando a mensagem e o mensageiro, Remy não podia esperar. Perguntas precisavam ser respondidas.

Ele voltou à carruagem e ordenou ao cocheiro que o levasse de volta à casa de Catarina, que deixara aberta e abandonada. Quando adentrou o sobrado, Remy estacou no pórtico, sentindo o coração apertar e refletindo sobre a possibilidade de Catarina nunca mais voltar àquela casa. Apenas depois disso, lembrou-se do espírito que os havia acossado, perguntando-se se ele ainda estaria ali.

Respirou fundo e seguiu para a biblioteca. Como o dia já havia findado, acendeu as luminárias a gás, que tornavam o escritório habitável à noite. Sobre a mesa de trabalho de Catarina, Remy fechou os livros antigos e os guardou, recolhendo os papéis que a ventania monstruosa havia espalhado pela sala, bem como as fotografias que Firmino tirara. Por fim, localizou a principal delas, aquela que havia registrado o signo maldito. Sem se dar conta, amassou o papel laminado entre os dedos.

Ele respirou fundo, tentando ignorar sua dor e tristeza, mal conseguindo imaginar que nunca mais conversaria com Catarina. E aquela bela casa, aqueles livros raros, as roupas delicadas e elegantes que ele tanto amava, os objetos que denunciavam as muitas vidas de sua possuidora... tudo aquilo estaria perdido?

E então, automaticamente, ele deixou que o nome maldito fluísse de seus lábios, como uma condenação.

— Mordecai Baal Moribá, eu estou aqui e eu estou disposto a conhecê-lo.

Mas a única coisa que o demônio devolveu foi o silêncio.

Um silêncio triste e interminável, que reforçou em Remy sua solidão e abandono. Ele, que havia optado por viver só, agora sentia-se desamparado, estático como estava no meio do grande salão de livros e papéis, no espaço em que rira e vivera com Catarina tantas noites de encontros, conversas e prazeres.

O medo de Remy crescia à medida que as evidências se avolumavam, à medida que suas esperanças iam pouco a pouco cedendo, carcomidas pela dúvida, deixando acima da superfície da língua um gosto acre e desértico.

Ele detestava aquela sensação, aquele oceano de expectativa e apreensão, aquela impressão de que a fina cortina da realidade estava prestes a rasgar-se, engolfando sua sanidade, sua calma, suas certezas. Não havia mais nada a fazer ali.

Depois de trancar a casa e o portão, Remy seguiu à sede da Guanabara. Tinha muitas coisas a discutir com Maria Tereza e Firmino. Com a ajuda deles tentaria encontrar respostas às perguntas que o atormentavam. E com seu auxílio, iria descobrir quem era Eva e qual era a sua relação com aquela série de enigmas e mistérios. Agradeceu a Catarina por aquele último presente.

Diante da sede da Guanabara, recebeu uma mensagem de Maria Tereza em seu teskie, dizendo que estava a caminho da delegacia central. Firmino fora preso e acusado de assassinato.

— Diabos dos infernos!

O que mais faltava acontecer?

CAPÍTULO 10

MARIA TEREZA

Rio de Janeiro, 17 de julho de 1892.

Centro Histórico, 19 horas.

A praça da Igreja da Candelária estava movimentada ainda aquela hora. Os últimos realejos esganiçavam suas notas e um ou outro fotógrafo mambembe ainda insistia com os passantes para uma foto ao luar.

Era a saída da missa e Maria Tereza teve o cuidado de chegar alguns minutos antes de seu término. Ouvira a benção final e se misturara ao público que se retirava para o início da noite fresca de julho. Cumprimentou todos os que sabia quem eram, mesmo que eles não a conhecessem e foi saudada de volta. Porém, não estava ali para fazer sociais. Seu objetivo era outro.

Encontrar seus contratantes.

Atrasou seus passos a pretexto de mexer na bolsa, esperando.

— A madame tem uns centavos? — inquiriu um menino de pés descalços e rosto sujo. — Tô morrendo de fome.

Maria Tereza olhou em volta. O menino magro continuou com os olhos suplicantes.

— Não lhe dou dinheiro, mas posso comprar comida para você — falou alto.

O menino lhe deu um sorriso.

— Tem um armazém na rua de trás, madame.

— Está certo, então. Mas não posso me demorar.

Ainda olhando os lados e observando as pessoas, Maria Tereza seguiu o menino. O garoto parecia preocupado em não a perder e ambos foram desviando dos grupos de pessoas pelos quais passavam. Algumas mulheres à passeio franziam o nariz para o menino, enquanto os homens faziam cara de desagrado para o fato de uma dama bem trajada estar acompanhando o pivete.

Ao chegarem à rua de trás da Igreja, o menino correu. Ao invés de entrar no armazém de secos e molhados, bem visível com seu toldo listrado de vermelho e branco, o garoto desviou para um beco estreito que se situava entre este e o prédio ao lado. Maria Tereza atravessou a rua sem perdê-lo de vista, cuidando para não encharcar as botinhas na água fétida que corria no meio-fio.

Em frente ao corredor por onde o menino desaparecera, a mão forte de um adolescente a puxou para as zonas escuras do beco. Não levou muitos passos para soltá-la. Uma luz vinda do fundo do armazém iluminou sete rostos de meninos e meninas. Todos em roupas esfarrapadas e sujas.

— Tem novidades pra gente, dona Tetê? — A pergunta vinha da garota mais velha, embora, ela parecesse pouco com uma mocinha. Usava os cabelos cortados bem rentes à cabeça, as roupas largas e tinha uma postura que em nada lhe denunciava o sexo.

Maria Tereza a olhou com tristeza.

— Não tenho nenhuma notícia dos desaparecidos, Dionísia. Entretanto, ao que tudo indica, eles estão mortos — disse lentamente tentando amenizar o choque.

As crianças não se moveram. Os olhos estavam secos e havia mais raiva ali que revolta. Estavam acostumados a morrer.

— Foram muitos esse ano, dona Tetê. Tem certeza de que tá tudo morto? Ninguém foi embora ou tá preso por aí? Nem o Jair? Ele some de vez em quando.

Maria Tereza fechou os olhos brevemente.

— Eu não sei. Nossos indícios são os piores possíveis. Mas, pelo menos, agora temos algo novo. Morreu um homem num lugar que pode nos levar ao mandante dos crimes. Acho que podemos realmente pegar o responsável.

Dionísia maneou a cabeça e olhou os outros.

— A gente tá com medo, dona Tetê.

— Eu sei. E devem ter medo. Onde estão dormindo? — Ela ergueu as mãos ao ver as expressões deles. — Não me contem. Não contem para ninguém adulto, entenderam? Não confiem nos adultos! Estejam certos de estarem seguros, deixem alguém vigiando, avisem os outros grupos. Se tiverem dificuldades, devem me procurar na sede da agência. Fui clara?

As várias cabeças balançaram. Dionísia manteve os olhos nela.

— Dona Tetê, a senhora tá sabendo o que tão fazendo com a gente? Com esses de nós que já tão morto?

Maria Tereza deixou escapar um suspiro. Não contaria a eles suas suspeitas. De seu tempo na rua, o que mais se lembrava, é que o medo nunca parecia ser suficiente. Ela e Júlia viveram por ali, conheciam todos os becos do Rio de Janeiro. As duas haviam saído dali, mas Júlia voltara. Fora Júlia que havia ensinado aquelas crianças a confiarem em Maria Tereza. E ela não pretendia traí-los.

Começou a mexer o cérebro para mentir alguma coisa, mas um movimento na entrada do beco lhes chamou atenção. Era o menino pequeno, o mandalete do grupo, que tinha saído para ficar de olho na rua e voltava agora.

— Dona! Dona! Tem um polícia perguntando pela senhora lá na praça da igreja.

Isso era incomum. Como sabiam que ela estava ali? Era sempre tão cuidadosa, será que alguém a havia seguido?

— Irei até lá. E vocês — olhou para os pequenos — fiquem seguros. Como estão de comida?

— Não se preocupe, dona Tetê. A gente se ajeita.

— Confio em você, Dionísia. Não se exponham — ordenou com o dedo em riste.

Sabia que só ela poderia fazer algo assim. Tinha esse respeito porque já fora um deles, há muito tempo. E a rua era algo que ficava marcado, entranhado, mesmo depois de se sair dela. Maria Tereza Floresta era chamada de forma diferente naquela época. Usava um nome que, na rua, ainda hoje, se falava como ameaça. Somente as crianças ligavam uma e outra, porque para elas tal nome tinha um significado de ajuda. O mesmo não pensavam os aliciadores, os pais e mães da rua que viviam de explorar as esmolas e os corpos dos pequenos.

Olhou para os lados antes de sair do beco e caminhou rapidamente para outro lado da rua, margeando a Candelária até chegar à praça. Pescou um terço de madrepérolas de dentro da bolsa e escorregou para dentro da primeira porta da igreja. Saiu calmamente pela segunda porta. Ajustou o chapéu, virou-se, fez o sinal da cruz. Depois abriu a bolsa para guardar o terço, dando bastante tempo para a localizarem.

— Madame Floresta?

Maria Tereza ergueu os olhos para o policial com uma expressão curiosa.

— Sim?

— Madame, o delegado Teixeira solicita a sua presença no Palácio da Polícia com a maior brevidade possível.

— Com certeza — disse ela já se dispondo a acompanhá-lo. O homem apontou uma carruagem aberta com um emblema oficial do outro lado da praça. — O senhor pode me adiantar o assunto?

O policial pareceu um pouco sem jeito, mas respondeu:

— Um problema, ao que parece, com um dos seus associados.

O sorriso cortês de Maria Tereza sumiu.

— Que espécie de problema?

— Assassinato, madame.

Ela estacou, dura.

— Ah, desculpe — pediu o policial. — Nenhum deles morreu. Estão acusando o seu associado de ter matado alguém.

— Um engano óbvio — disse ela recuperando o fôlego. Apressou o passo em direção à carruagem e subiu sem ajuda.

O policial se limitou a sentar ao lado do cocheiro e mandar que ele seguisse.

— Qual deles? — ela perguntou num tom mais alto.

O policial se virou para responder.

— O que tem a mão... a senhora sabe.

Sim, eu sei, murmurou ela afundando no banco. Sempre tomavam o pobre Firmino como o mais perigoso. A mão mecânica, a capoeira, a cor. Que tolice. Firmino não mataria uma mosca se pudesse evitar. O mesmo não se aplicava a Remy.

Nem a ela.

No caminho, teve tempo de usar o teskie para avisar Remy do ocorrido. Ao chegar no Palácio da Polícia, não foi levada à sala do Chefe, mas a do delegado Teixeira. Um pouco menor, com o mesmo cheiro de tabaco, talvez de uma qualidade um pouco inferior, mas com os mesmos móveis pesados, com os tecidos um tanto mais gastos. O delegado se ergueu quando ela foi anunciada e entrou.

— Sinto pelo incômodo, Madame Floresta. Quis vê-la o mais breve possível, já que o assunto lhe diz respeito.

— Nenhum incômodo, delegado. Pode me dar conta dos acontecimentos?

O delegado narrou o que sua patrulha havia encontrado ao pé do Corcovado. Firmino muito machucado e um homem morto que segurava uma pistola. Os legistas falavam de um choque, como um raio, que lhe fez parar o coração.

— Dadas as condições da mão do doutor Boaventura, acreditamos...

— Que ela possa ter causado a morte do dito homem — interrompeu Maria Tereza. — Não tenho dúvidas. Mas o senhor diz que Firmino estava machucado?

— Sim, parece ter havido uma luta.

— Então, imagino que possamos pensar em legítima defesa, pois não?

O delegado se encostou no espaldar da cadeira.

— Por que pensaríamos isso, madame?

Ela estreitou os olhos e sorriu.

— Deixe-me pensar, o falecido era branco?

O delegado se mexeu incômodo.

— Sim.

— E o senhor sabe quem era o distinto cadáver?

— Não temos a identidade.

Maria Tereza abriu o leque e abanou-se.

— Então, vejamos: o senhor encontra dois homens. Um está machucado e vivo. Outro armado e morto. O machucado tem uma prótese que pode ser usada para autodefesa e é um engenheiro reconhecido, com trabalho, e domicílio. O outro, um ninguém sem identidade. E, corrija-me por favor, o senhor quer acusar o homem que escapou vivo de assassinato?

— Escapou vivo? A senhora está partindo da hipótese de que alguém tentou matar o doutor Boaventura? — debochou o delegado.

— Ora, quem está investigando um crime, ocorrido ali mesmo, no Corcovado? Sinceramente, delegado, eu acharia que o senhor devia estar preocupado com a segurança dos investigadores após um tão óbvio atentado e não em incriminar a vítima.

— Madame, eu não a chamei...

— O quê? O senhor já tinha tudo resolvido? Eu creio que não, delegado. Quem investigou a cena do crime? O depoimento de Firmino já foi tomado? Sem a identidade do homem morto, tudo o que tem é um cadáver e um ferido. O senhor ainda não tem um crime.

O delegado bateu levemente na mesa e jogou para trás o pouco cabelo que lhe cobria a careca.

— A senhora parece ter o condão de distorcer tudo.

— Absolutamente, caro delegado — completou ela. — Eu estou apenas demonstrando como está a fita dos acontecimentos, sem qualquer torção ou distorção.

Três batidas na porta e o delegado mandou entrar. O guarda foi até a mesa e lhe entregou um papel, cochichando em seu ouvido.

— Tem certeza?

O rapaz confirmou e cochichou mais um pouco. O delegado o dispensou. Assim que o rapaz saiu, ele encarou Maria Tereza.

— Acho que o doutor Boaventura está com alguma sorte hoje, afinal.

Ela ergueu as sobrancelhas espessas com curiosidade.

— Parece que um oficial que veio transferido de São Paulo acredita que a descrição do cadáver coincide com a de um matador procurado por lá. Já estamos mandando pedir as informações e o retrato falado.

— Ora, veja só... — comentou Maria Tereza sem conseguir ocultar a ironia.

— Ainda assim, ele responderá a um processo...

— Não — interrompeu ela.

— Escute, Maria Tereza...

— Escute você, Armindo Teixeira. Não temos tempo para isso. Não vou deixar que envolva o Firmino numa formalidade dessas depois de quase ter sido assassinado.

— A formalidade é a lei. Ninguém está acima dela.

Maria Tereza fechou o leque e manteve os olhos nele.

— Mesmo? Eu ainda lembro a idade daquela mocinha que costuma visitar, Teixeira. Você se lembra? Doze, catorze... doze, com certeza. Isso é contra a lei, não? Pelo menos, para um delegado.

O homem ficou púrpura. Maria Tereza sorriu.

— Um ataque, delegado. Terrível. Que bom que a vítima pode se safar. O senhor não acha que foi muita sorte?

Ele demorou a engolir o sapo, mas acabou balançando a cabeça afirmativamente.

— O Rio de Janeiro está cada vez mais violento — comentou ela casualmente. Depois se ergueu na cadeira. — Agora, se o senhor permite, gostaria de poder ver o doutor Boaventura. Ele está aqui? Ou em algum hospital?

— Na enfermaria — respondeu o homem num rosnado. E bateu na campainha sobre a mesa. O oficial secretário apareceu à porta. — Acompanhe a Madame Floresta até o doutor Boaventura e retire as algemas.

Maria Tereza o olhou enraivecida.

— Com as nossas desculpas — completou contrafeito o delegado.

CAPÍTULO 11

FIRMINO

Rio de Janeiro, 17 de julho de 1892.

Palácio da Polícia, 23 horas.

Primeiro foram as cortinas. Depois, as barras de metal da cama dura. Então, o pulso raspado pelas algemas que lhe haviam sido retiradas. E, por fim, o olhar inquisitório de Maria Tereza, que estava em pé, junto ao leito da enfermaria do Palácio da Polícia.

Firmino piscou, jogando para longe os últimos resquícios de um sono irrequieto, pontilhado por pesadelos. Enterrado vivo. Fora com aquilo que estivera sonhando. Sufocando lentamente num caixão, a sete palmos da superfície... Balançou a cabeça e sentiu cada um dos hematomas reclamarem por algum tempo. Com algum esforço, que lhe pareceu sobre-humano, conseguiu levar um copo de água até os lábios ressequidos.

Ele piscou e passou os olhos pelas mesas de madeira ossuda e descascada, onde um estetoscópio biauricular fazia par com um medidor de pressão à base de mercúrio. Pranchetas preenchidas pelo enfermeiro de plantão se acumulavam numa escrivaninha verde-água de tampo baixo. Naquele ambiente pálido e recendendo a odores carbólicos e acéticos, a presença de Maria Tereza, em pé, com suas roupas rubras e chapéu vasto, era escandalosamente invulgar.

— Quanto tempo? — resmungou.

— Tempo demais — foi a resposta dela, acrescentando logo a seguir. — Era mesmo preciso matar o homem?

— Não planejei isso, MT. Nem tive escolha.

— Um preto matando um branco, mesmo que esse fosse um criminoso, é visto com inúmeras ressalvas. Tive que colocar o Teixeira na parede para o livrar de um processo.

— Também não pedi por isso.

— Não. Mas eu fiz assim mesmo.

Firmino suspirou fundo. Ele queria sentir raiva dela, mas tudo o que conseguiu foi experimentar um leve atordoamento irritadiço.

— Pelo menos, estamos na pista certa.

Ela levantou uma sobrancelha.

— Ele me ofereceu um conto de réis para abandonar a investigação.

— É muito dinheiro, realmente.

— Quem era ele?

Maria Tereza contou da conversa com Teixeira.

— Um assassino de aluguel, não é? — repetiu, forçando os músculos e ajeitando o travesseiro até conseguir se sentar. — Descobri quem eram as pessoas que apareciam nos jornais — disse, pescando suas anotações dos bolsos do paletó, que estava estendido em cima de uma cadeira ao lado do leito. — Doutor Anatólio Ventura, vereador de Nova Petrópolis, Telesfero Manteiga, cirurgião de Ribeirão Preto, e senhor e senhora Quintão, cafeeiros de Volta Redonda.

— Interessante — disse Maria Tereza. — Gente suficientemente importante para ser convidada, mas de pouquíssimo destaque nacional. É de se pensar porque estariam na primeira página de nossos jornais, não?

— Foi o que eu pensei — concordou Firmino. — Mas o mais importante é o mecanismo que assassinou Pedro Flores. Deixei o aparato na câmara para a polícia, mas tirei uma coisa. Onde está a minha valise?

Maria Tereza estendeu a pasta a Firmino. Mesmo com os músculos enrijecidos pelas dores, retirou uma peça de dentro dela e a entregou a Maria Tereza. A detetive mirou o artefato com um olhar avaliativo.

— Este é o mecanismo que impedia o disparo da seta. É um negócio intricado, muito sutil. De certa maneira, é genial — explicou.

Ela o fitou.

— Você está impressionado.

— Com o mecanismo, não com o seu propósito — disse, encarando-a.

— Imagina quem poderia construir isso?

— É uma cidade grande, mas isso é raro — disse, apontando para uma pedrinha branca no meio do artefato.

Ela aproximou dos olhos.

— O que é isso? — perguntou curiosa.

— Um quartzo vibratório. Para sincronizar os movimentos do artefato. Era necessário que a vítima estivesse no local adequado para lançar as setas com a eficiência máxima. Normalmente, seria utilizado um cronômetro à corda. O quartzo é mais preciso, mas exige uma habilidade muito maior para a calibragem.

— Pode rastrear quem comprou essa coisa?

Firmino franziu o cenho. As peças eletroestáticas eram utilizadas para fabricar construtos refinados como próteses, máquinas analíticas e analisadores vocálicos. No entanto, desde que um autômato fora utilizado na tentativa de assassinato da Condessa Garibaldi, o governo proibira a livre comercialização dos artefatos. Contrabandistas espocaram aqui e ali, oferecendo peças velhas por preços exorbitantes.

Ele detestava essa laia.

— Posso tentar.

Ela assentiu e acrescentou em tom prático:

— Eles vão tomar o seu depoimento e você será liberado. Não preciso lhe dizer que estamos na corda bamba, aqui. Aja... com educação — disse, por fim.

Firmino abriu um sorriso amargo.

— Não se preocupe. Não pretendo gastar o resto dos meus anos em uma prisão fluminense.

Maria Tereza ia se retirar quando Firmino a interrompeu.

— E o carro-caldeira? — perguntou, preocupado.

Ela sorriu.

— Mandei rebocá-lo para a agência. Sei que você tem verdadeira adoração por aquela gerigonça.

Firmino abriu um esgar meio irritado, meio aliviado, ao que ela respondeu com um aceno antes de se retirar.

O engenheiro foi liberado uma hora mais tarde. Ele tomou um coche para voltar à sede da agência, para seu pequeno apartamento nos fundos. Exausto, fez uma refeição tardia e desabou na cama.

Rio de Janeiro, 18 de julho de 1892.

Agência Guanabara Real, 9 horas.

No dia seguinte, depois de poucas horas de sono, Firmino arrastou seu corpo para o banho. Depois de se demorar embaixo da torneira superior, modificada por ele para prover água quente, vestiu seu traje mais velho e surrado, um chapéu quadrado e luvas gastas que lhe encobriam a mão eletroestática, e deixou o minúsculo quarto conjugado ao laboratório e foi até a sala, onde encontrou Maria Tereza e Remy tomando seu desjejum.

— Como você está? — perguntou Maria Tereza, depois de beber mais um gole de café.

— Como estou? Dolorido, sonolento e irritado. Afinal, depois de tentarem me matar, fui preso e liberto e, depois, ainda tive de aguentar uma roda de samba do lado de fora da rua, enquanto tentava dormir.

— Péssimas vibrações — disse Remy.

— Roda de samba? Eu não escutei nada — falou Maria Tereza lhe oferecendo uma xícara.

Firmino agradeceu em silêncio, estando para poucos amigos e pouca conversa. Ele trouxera para Maria Tereza os resultados da sua pesquisa nos arquivos, um dispositivo mortal e o corpo de um assassino.

Remy, por sua vez, os presenteara com um nome balbuciado por uma ocultista. Além disso, narrou a eles o destino de Catarina e a nova aparição que havia testemunhado.

— Você vai ao hospital? — perguntou Maria Tereza.

— Não hoje. O que preciso é buscar por respostas e não encontrarei isso no plano material — respondeu ele.

Antes de escutar mais, Firmino organizou suas ferramentas dentro da valise de trabalho e se despediu dos dois, dizendo que iria investigar o dispositivo que encontrara no Corcovado na noite passada.

— Se não retornar em dois dias, pode dar uma olhada no testamento que deixei na primeira gaveta.

Maria Tereza riu, antes de devorar mais um croissant.

Firmino deixou a sede e subiu o aclive da Rua São Jorge até o Elevado Teixeira. O planaereo não alcançava a Villa Isabel e seria a mesma coisa que chegar acompanhado com fanfarras se utilizasse o aluguel de um cabriolé ou o carro-caldeira. A operação exigia discrição e tato, algo que aprendera convivendo com Maria Tereza nos últimos anos. Tomou um dos trens suburbanos e seguiu viagem.

Ao se aproximar do Instituto Profissional, desceu em um estado de espírito que não se abalaria caso aquela região explodisse. Com os passos rígidos, muito pela luta, mas um tanto também pela vontade de sair correndo daquele lugar, dirigiu-se até a Rua Souza Franco.

A primeira parada de Firmino foi o Bar do Português, uma espelunca no meio da Praça do Mirante. O Português era um sujeito durão, que administrava o bar com mão de ferro e duas pistolas de tiro rápido atrás do balcão. Qualquer um que arranjasse briga no seu bar era convidado a se retirar e não seria aceito de volta. Duelos, quando marcados, eram resolvidos em um quarto separado, no escuro. Dois homens entravam, somente um saía. Às vezes, nenhum.

O Português cuidava do bar como cuidava da vida e, para ele, todo mundo era igual, fosse você um ladrão, detetive, assassino ou contrabandista. Se agisse bem com o Português, teria a sua lealdade. Caso contrário, era melhor escolher outro lugar para molhar a garganta.

Assim que entrou no estabelecimento de atmosfera gordurosa e pouco convidativa, Firmino lançou um olhar rápido e avaliador aos demais clientes. Era um grupo variado: peões com dedos machucados pelo trabalho braçal, homens de chapéus gastos e guarda-livros com quepes e goggles. Havia apenas duas mulheres: uma garota baixa, com olhos claros e brilhantes, trabalhando como garçonete; e outra sentada sozinha em uma mesa, tomando cerveja num jarro grande e profundo, com face cabisbaixa e uma prótese ocular girando no vazio.

Firmino rememorou seu passado. Há alguns anos, quando andava pela Champs-Élysées, discutindo a teoria das partículas subatômicas ou os últimos avanços na engenharia elástica com um colega, nunca poderia imaginar que gastaria boa parte da sua vida em buracos como aquele, conversando em voz baixa enquanto mantinha um olhar atento às costas por temer pela própria vida.

O Português, um homem forte e atarracado, se aproximou assim que Firmino se sentou, servindo a si próprio uma bebida e outra ao engenheiro, que recusou. Ele o encarou, curioso, ao que Firmino respondeu:

— Não bebo nem um gole há quase um ano.

— Provavelmente, é melhor assim — respondeu o Português, esvaziando os dois copos. — Não lembro da bebida lhe fazer bem.

Lampejos de calças molhadas pela urina, apagões e brigas sem sentido irromperam na mente de Firmino. Piscando com força, afastou tudo aquilo para longe, assim como os odores do uísque aguado que o Português servia.

— Preciso de informações sobre peças — disse Firmino, usando a linguagem de rua para artefatos contrabandeados. — Conhece alguém?

— Talvez. Achei que você os conhecesse melhor do que eu.

— Falo de peças especiais. Caras. Um quartzo vibratório.

— O sujeito vai se encrencar?

— Espero que não — respondeu, com sinceridade. — A peça foi usada em um assassinato.

O Português assentiu depois de um momento.

— Sei que não quer mais nada com o Corisco...

Firmino concordou.

— Então, sobra o Herculano. E o Palito — disse, pescando os nomes de memória.

Firmino agradeceu e pagou pela bebida, mesmo não tocando nela. Seguiria o itinerário de acordo com a ordem dos nomes.

A primeira parada parecia ter orgulho de suas ruelas sujas e sórdidas, onde o esgoto corria a céu aberto e as casas se reuniam umas às outras para que não despencassem em cima dos moradores. Firmino avançou por entre a lama das ruas sem calçamento, uma mistura de terra, urina de rato, cascas de batata e o escarro ocasional de algum passante com tuberculose. Era o local ideal para combinar ou cometer crimes de todas as espécies.

Depois do ataque que sofrera no Corcovado, estava muito mais cauteloso. Fora pego desprevenido e quase pagara o descuido com a própria vida. Mantinha um olho atento em tudo e todos. Tinha a sensação de ser seguido, mas sabia o suficiente da psicologia humana para entender que isso poderia ser apenas um reflexo da luta contra o assassino.

Duas ruas acima do Bar do Português, encontrou Herculano na esquina em que ele habitualmente fazia negócios. Ninguém sabia onde o contrabandista de peças morava. Se você quisesse algo, pagava metade adiantado e esperava. Meia hora depois, Herculano voltava com os artefatos e recebia a outra metade. Conhecera a história de duas pessoas que tentaram segui-lo. Nenhuma delas fora vista desde então.

Herculano não era de muita conversa, por isso Firmino foi diretamente ao ponto.

— O que você pode me dizer sobre quartzos vibratórios?

— Nada que possa ajudar — disse ele, escolhendo as palavras com cuidado. — E acho que o Palito também não sabe.

— Porcaria! — Firmino praguejou em silêncio. Alguém dera com a língua nos dentes após sua saída do bar. Era algo meio previsível, mas Firmino contava ter pelo menos uma hora antes que a notícia se espalhasse. Logo, alcaguetes de todas as estirpes estariam atrás dele, como abelhas ao redor de um pote de mel, querendo vender informações inúteis por quantias absurdas.

— Ninguém perguntou por isso?

— Não. Esta peça é um treco caro e sem utilidade. Não tenho em estoque.

Firmino deixou Herculano com um aceno e foi atrás de Palito, sem muita esperança. Um transformista que fazia ponto junto a um sobrado decadente lhe deu a dica: o rapaz fora visto no bar Cote d'Azur, uma espelunca na Rua Mourão, onde a Villa Isabel faz limite com Andarahy. No entanto, o jovem contrabandista era notadamente um covarde. Assim que viu Firmino entrar, tentou fugir, mas o engenheiro foi mais rápido. Quando o agarrou, Palito começou a balbuciar frases desconexas.

— Pare com esta porcaria! — rosnou, atirando o rapaz em um banco nos fundos do bar, onde sabia que não seria importunado. — Senta aí e fala coisa com coisa.

— O que você quer? — Palito conseguiu perguntar, tremendo.

— Preciso de ajuda. Você sabe de alguém que tentou comprar um quartzo vibratório?

— E por que deveria ajudá-lo?

— Por que as coisas estão tomando um rumo desagradável — disse, baixando o tom de voz. Ninguém no bar parecia interessado em interferir na questão, mas sempre havia a possibilidade de alguém estar ouvindo. — Mandaram um assassino atrás de mim. Tenho um monte de garotas e garotos desaparecidos e um quarto cheio de sangue!

Aquilo o chocou, como Firmino achou que chocaria. Seu tom poderia ser traduzido como uma ameaça, se Palito quisesse.

— Há um rapaz que estamos atrás. Ele pode apenas ter ido para outra cidade arranjar emprego, mas não estou apostando muito nessa possibilidade.

— E você acha que eu...

— Eu não acho nada — respondeu, ríspido. — Não posso me dar o luxo de ignorar uma pista. Com uma vida em jogo, eu vou sair daqui com o que você sabe. A questão é saber se você quer meia dúzia de réis ou passar algum tempo com o dentista mais próximo. A escolha é sua.

Firmino não levantara a voz nem por um segundo. Não era preciso. O recado foi absolutamente claro.

— Eu não sei nada sobre quartzo algum. É muito caro — disse Palito, repetindo as mesmas palavras de Herculano. — Ninguém usa isso. Um cronômetro arranjado nos penhores faz quase a mesma coisa e é muito mais barato.

Firmino acenou. Aquilo era óbvio.

— Até onde eu sei, só os malandros de costume têm aparecido por aqui atrás de peças, embora...

— Embora? — Firmino repetiu, erguendo as duas sobrancelhas.

— Houve um sujeito estranho perguntando por peças. Nunca o vi por aí e vestia roupas de quem estava acostumado a dar grandes golpes ou de quem não tivera muito tempo nessa vida ainda. Veja bem, ele não pediu quartzo nenhum — acrescentou. — Mas, com isso em perspectiva, a lista de peças de que ele estava atrás incluía um regulador monofásico, algo que pode ser utilizado em um vibrador a quartzo.

— E ele comprou isso de quem?

— Do Velho.

Diabos, resmungou para si mesmo, deixando Palito e descendo a rua.

Então, precisava visitar o Velho. Ele era uma espécie de anti-herói local. O Rei dos Contrabandistas. Firmino nunca o vira antes, mas já ouvira falar dele várias vezes. Se ele pudesse acreditar em metade das histórias, o Velho já ajudara a derrubar reis, roubar imperadores e enganar senadores. Tudo de trás de uma escrivaninha.

Estava na hora de conhecer a lenda.

Logo após um cortiço de apartamentos minúsculos, Firmino alcançou o escritório do Velho, isso depois de esbarrar em dois endereços de fachada e meia-dúzia de atravessadores. De quatro deles, ouviu que "o Velho não era fácil de achar".

Ao se aproximar do lugar, ouviu alguém que tocava clarinete em dó. Algo estranho. Conhecia o som das audições de Paris, Lisboa, São Paulo e Copenhague. Mas ali, naquele lugar de exclusão social perversa, a música soava estranha e sem sentido.

Firmino bateu na porta e girou a maçaneta, fazendo soar um sinete. Ele entrou em um lugar simples e espartano. Um cheiro forte de café parecia impregnado nas paredes de lambris. Havia apenas uma escrivaninha vazia, duas cadeiras pouco confortáveis na frente e uma poltrona grande e aveludada atrás. O Velho se aproximou momentos depois, os olhos gentis por trás de goggles dourados e um sorriso leve que escondia o fato de que mais de meio século trabalhando no submundo haviam deixado-o insensível sobre qualquer assunto.

— Eu preciso de informações.

O sorriso do contrabandista não mudou um único centímetro.

— Veio ao lugar errado, filho. Vendo peças, não fatos.

— Estou atrás de alguém.

O Velho tirou os goggles e passou a limpá-los com movimentos leves.

— Todos nós estamos. Eu, por exemplo, busco um advogado decente a quem possa confiar para cuidar das minhas coisas e satisfazer meus desejos depois que eu me for. Todavia, esse homem não existe.

— Sua informação pode salvar uma vida.

— O que vendo, veja bem, pode arruinar centenas de vidas. Há muito já me acostumei a não dar importância para o que os outros fazem.

— É um modo egoísta de vida.

— Mas sincero. Não faço segredos dele. Estou vivo e na ativa porque você sempre pode confiar no Velho.

Firmino se acomodou na cadeira. A conversa não estava seguindo o rumo que ele esperava.

— Toda regra tem uma exceção — arriscou.

— Não desta vez. Não para você, filho. Sinto muito. Esse negócio é o que eu gosto de fazer. É a única coisa que eu sei. Não arriscaria isso por você. E algo me diz que isso é algo que você pode entender.

Ele ignorou as palavras do contrabandista e insistiu. Jogou limpo com o Velho. Falou da câmara, dos desaparecimentos, do sangue... O Velho ficou ouvindo, sentado, batendo de leve com a ponta dos dedos na mesa, olhando fixamente para o infinito com um ar de educado interesse.

Firmino reconheceu tristeza no olhar do homem, mas o contrabandista não arredou pé. Calou-se, derrotado. Finalmente encontrara um homem de princípios e isso o colocava num beco sem saída em um caso crucial. Seria hilariante, se não fosse revoltante.

Levantou-se e o Velho também deixou a poltrona. Um medalhão escorregou do seu pescoço para fora da camisa branca. Era Santa Cecília, a padroeira dos músicos.

Uma última cartada, afinal.

— O garoto desaparecido — falou. — É Jair, o violeiro. Você já o ouviu? Ele se apresentou no bairro mês passado, até onde pude apurar.

— Ah, é? — respondeu ele.

O Velho o fitou com uma máscara através da qual não se podia ver coisa alguma.

— Esta sua mão eletroestática...

Firmino piscou. A luva cobria totalmente a mão mecânica. Sabia que existiam pessoas que podiam ouvir as engrenagens minúsculas, mas nunca encontrara uma.

— Ela tem um tensionador volátil, eu imagino. Se ele quebrar, você estará em maus lençóis. Por sorte, ainda tenho um sobressalente, em algum lugar. Eles não saem muito, mas nunca se sabe. Da última vez que me procuraram por coisas estranhas, foi no dia 12 de março.

E, dito isso, o Velho desapareceu atrás da porta.

Firmino não tinha certeza se aquilo fora um convite ou não, mas com o Velho, dificilmente teria certeza de algo. Correu até a escrivaninha e abriu as gavetas com rapidez, encontrando apenas uma agenda. Na data citada pelo Velho, havia apenas um endereço, sem nomes. Anotou-o e voltou a se sentar. O Velho retornou alguns minutos depois e lhe entregou a peça.

Firmino agradeceu e saiu, deixando o contrabandista meditar com os próprios demônios.

CAPÍTULO 12

REMY

Rio de Janeiro, 18 de julho de 1892.

Sede da Agência Guanabara Real, 20 horas.

O universo era um oceano de ondas de luz e fiapos de vento através do qual o viandante arcano explorava seus delicados e intrincados limites.

Remy estava preso ao tabuão da agência enquanto seu espírito flutuava acima dos limites do tempo e do espaço, numa jornada onírica que envolvia entorpecentes mentais, relaxamentos corporais e projeções astrais.

Sua pele nua ignorava o frio noturno enquanto o vapor do incenso dançava e se contorcia ao seu redor. Repousado ao lado, o narcótico indígena que bebera há minutos.

Isso no universo humano. Mas Remy já não estava mais ali há horas.

Para tanto, havia esvaziado um dos cômodos da agência e desenhado no chão um pentagrama com fileiras de sal grosso. Ao seu redor, espalhou os pictogramas dos símbolos arcanos escritos com sangue na alcova. Com a paisagem externa cuidadosamente preparada, era preciso agora providenciar a arrumação da interna. Para tanto, relaxou seu corpo enquanto sua mente revisitava lembranças, ocorrências, vácuos de ideias, cenas e sensações que sua essência corpórea havia tocado, beijado e amado em seus anos de aventuras, fugas e descobertas.

Era regra em sua vida se entregar a tudo com intensidade, e ele não sabia viver de outro modo. Ao menos era disso que se lembrava, desde muito tempo atrás.

Ele nascera numa tribo Caipora no interior do Pantanal trinta anos antes. Sua mãe morreu no parto e sua avó, velha sacerdotisa de Turupi Aimorã, o iniciou nos mistérios dos velhos deuses e dos elementos da natureza. Depois que sua tribo foi atacada e dizimada por mineradores em busca de ouro e prata, Remy, com apenas oito anos, conseguiu fugir, trocando os bosques úmidos pelos desertos áridos no vasto planalto central do Brasil.

Vagou sem rumo, próximo ao delírio e à morte, até ser adotado por uma trupe de atores itinerantes, que o ensinou a cantar, dançar e a se maquiar. Entre eles, Remy viveu como menina e como menina interpretou princesas fugitivas, donzelas puritanas e heroínas de relevo e coragem. Mas um dos atores, Antônio Santidade, invejoso de seus talentos e de sua beleza, tentou possuí-lo à força. Para se defender, Remy castrou o homem, que jurou vingança em resposta.

Executou-a vendendo a trupe a um mercador de escravizados. Dom Joaquin Sosefredo chacinou os mais velhos e aprisionou os jovens, entre eles Remy. O homem levou Remy ao Rio de Janeiro e vendeu-o a uma casa perversa na qual homens ricos pagavam caro por prazeres proibidos e sádicos. Para não haver risco de fuga ou outra perfídia, o sedavam com fumos orientais e bebidas fortes, que anulavam sua capacidade de ouvir as vozes dos espíritos ou de contatar mortos ou deuses, como sua avó havia lhe ensinado a fazer. E assim continuou sua vida, por longos cinco anos.

Até que numa noite de verão, em que todos estavam entorpecidos por vinhos não diluídos, drogas não refinadas e sexo não limitado, Remy viu ao seu alcance uma afiada lâmina e a determinação de pôr um fim em tudo aquilo. Mesmo ferido em seu corpo e alquebrado em sua mente enevoada, ele se entregou ao ritual de sangue, lembrando-se dos velhos rituais indígenas que exigiam sangue e vísceras para fins sagrados. Apesar de não haver nada de sagrado naquele holocausto, Remy se deliciou com o gosto salgado da morte dos que o feriram naquela madrugada e nas anteriores.

Na noite seguinte, vagou pelas ruelas cariocas tentando entender aquela bela e selvagem cidade enquanto escutava nas esquinas os jornaleiros anunciarem o Massacre da Mansão Escarlate. Demorou a se dar por conta que falavam do lugar onde fora feito prisioneiro por anos e que o adjetivo da frase dizia respeito ao rio de sangue que fora obra sua.

Sua andança findou num lugar onde vozes soturnas e imemoriais poderiam ser novamente ouvidas. Com seu corpo livre das substâncias que o poluíram, voltava agora a sentir os mortos e a escutar o seu canto, em espíritos que ascendiam das profundezas da terra e dos jardins internos do templo bruxo.

O líder daquela comunidade estranha se chamava Mestre Henrique e ele pressentiu a força de Remy, sua capacidade de escutar os ecos do passado tardio e também sua voz poderosa quando os espíritos estavam presentes.

E era o conhecimento aprendido nos dois anos em que viveu com Henrique, Fernandes e Alice, que agora invocava naquele ritual em busca de respostas, na Agência de Detetives Guanabara Real.

Aproveitando a missão de Firmino e a saída de Maria Tereza, Remy perscrutava as profundezas psíquicas daquela cidade infernal e de todos os seus horrores noturnos. Sem pestanejar, ordenou a seu espírito que voasse para longe do corpo e da carne, para longe das conexões fibrosas de artérias, veias e vasos sanguíneos da vida pulsante. Livre da matéria, voltava a ser luz e vento, claridade imaterial e esvoaçante, rumando à escuridão infinda do não ser.

Viu-se num oceano de estrelas e planetas, entremeado ao vazio de todas as coisas, numa realidade sobrenatural que não diferenciava deuses e mortais, carne e espírito, vida e morte.

Foi no meio daquela imaterialidade, que ele fez a invocação.

— Eu peço humildemente que Enumã venha ao meu encontro — disse o jovem feito de grãos estelares, proclamando outros sigilos de poder e conhecimento, palavras que atraiam entidades poderosas e nem sempre amigáveis. Mas daquela vez, a invocação era específica demais, contundente em demasia.

Não demorou para a voz desejada responder:

— O que queres, mortal?

— Que me ajudes a contemplar as ações dos adoradores de Mordecai Baal Moribá, sendo ele verdade ou mentira.

— Teu pedido não é sábio, criatura — disse a divindade antiga. — Mas conceder-te-ei uma visão, mesmo que parcial, do que homens têm feito em nome do inominado. E não me invoque mais, não assim, sem os devidos rituais, sem os devidos sacrifícios.

A primeira visão não demorou a chegar.

Estava na cova oca e sangrenta do Corcovado, porém num espaço de tempo anterior ao dos últimos dias. Liberto da carne, liberto das redes lineares do tempo.

A sala estava cheia de seres vestidos de mantos escuros, cada um deles portando facas cerimoniais feitas de pedraria dentada e cantando hinos antigos. No centro da balbúrdia de louvores, um jovem nu amarrado. Sua boca costurada o proibia de gritar, mas seus urros terríveis eram ouvidos, apesar dos alaridos dos presentes.

O jovem sabia que iria morrer e o espírito de Remy nada poderia fazer.

O ritual de sacrifício tinha um líder e esse líder respondia pela alcunha de Mestre do Alvorecer. O líder foi o primeiro a estripar a carne com o punhal pouco afiado, e seu golpe foi seguido de mais dois, quatro, seis, oito...

O espírito de Remy gritou no alarido dos gemidos de dor e prazer que coordenavam as batidas compassadas daquele cerimonial. Então era aquilo que faziam naquele cômodo de morte, construído nas entranhas do Corcovado?

O espírito de Remy foi arrancado da cena contra a sua vontade. Novamente, estava imerso no vácuo. Estaria na hora de voltar à carne? Antes que pudesse responder, seu espírito foi levado para outro tempo e lugar.

Estava agora num velho escritório da nova República, no fundo de um escuro e soturno salão, uma mesa na qual um escriturário julgava e carimbava papéis sem fim. Todo o homem estava vestido de sombras. Sua face, suas vestes, suas mãos, tudo escuridão, exceto por um objeto que reluzia em seu peito. Um medalhão prateado, um requintado relógio, uma máquina de precisão. Em sua ferraria mecânica, incrustado, estava o nome que Remy deseja encontrar:

EVA

— Quem é você? — perguntou Remy ao medalhão e também ao seu possuidor.

Olhos sangrentos surgiram na face escura do homem que se vestia de noite.

— Quem é Eva? — prosseguiu Remy.

Remy sentiu braços abjetos capturarem seu corpo de luz e o levar a uma paisagem avermelhada de ossadas expostas e abutres feitos de sombras, os habitantes daquela cidade de pesadelos.

Num ímpeto, seu corpo astral foi aprisionado por redes de carne e músculos, por vasos sanguíneos que pouco a pouco ganhavam a forma de extensões fibrosas e tentaculares, milhares de patas e garras sem início ou fim que prendiam seus braços e pernas, e que abraçavam seu pescoço e seu torso, sufocando-o, esmagando-o.

Diante dele, surgido de seu desespero ou então da criatura que o aprisionava, como uma nova forma de tortura, surgiu a imagem de Alice, a mesma imagem pura e doce da jovem mulher que ele um dia amara e que agora sorria para ele.

Que pérfido ardil seria aquele?!

O sorriso de Alice transmutou-se, enquanto os mesmos braços que o prendiam a capturaram e a desmembraram diante do seu olhar incapaz.

O grito saiu morto de seus lábios aprisionados, fazendo sua estrutura psíquica gritar em aflição para um cosmos mudo e surdo ao seu sofrimento.

Agora havia chegado ao seu fim, quando o abraço da coisa o apertava ainda mais, esgotando suas forças, anulando quaisquer fiapos de esperança.

Quando estava prestes a entregar-se à finitude e ao silêncio, à desejada escuridão, que o afastaria da vida, mas também de Tereza e Firmino, ele a escutou vindo em sua direção.

— Mordecai Baal Moribá! Eu ordeno que o deixe partir! — falou Catarina em sua forma de luz e energia. Não se tratava do corpo doente deixado no hospital horas antes e sim de sua verdadeira essência de conhecimento e força.

Vindo em sua direção, ela proclamou outras palavras de mistério e poder, palavras que nem mesmo Remy conseguiu reconhecer. Mas cada uma delas era uma chave a abrir os cadeados pétreos que prendiam seu corpo e seus membros.

Remy pouco a pouco sentia sua forma astral libertar-se e pairar no vazio. Mas havia um preço. Em seus anos de perigos e aprendizados, ele aprendera que em tramoias envolvendo magias proibidas e mistérios arcanos, sempre havia um preço.

— Catarina... — disse ele antes de ser enviado para longe pelo último encantamento dela.

Remy ainda pôde ver que os mesmos braços infindos que o prendiam, agora objetivavam a ela. Sua amiga e amante havia o libertado, mas a um alto preço.

Este não é o fim, Remy... é apenas o começo.

Após escutar a voz odienta, Remy foi lançado para uma renovada escuridão e então para seu corpo físico, sendo puxado para baixo, para a terra, para a vida.

Ele despertou com o corpo coberto de suor, caído no meio do pentagrama, os grãos de sal penetrando a pele das costas, dos braços e das pernas.

— Remy, o que você fez!? — gritou Tereza, enquanto o sacudia.

— Eu o vi, Tereza! — disse Remy, saindo de seu torpor. — Que os deuses tenham piedade de todos nós! Eu o vi... ele é real...

Seu desespero assustou a amiga, enquanto tentava concatenar as palavras, ainda perplexo diante do conhecimento que havia obtido. Foi quando sentiu o segundo tapa de Maria Tereza em seu rosto.

Eis uma cena que ela, em seus muitos anos de aventuras e ciente da frieza de Remy em assuntos de qualquer natureza, nunca imaginara. O dândi estava nu e alquebrado, destituído de suas costumeiras frases de efeito ou gestos ensaiados, carente não apenas de roupas, como também de esperança.

O que teria acontecido para deixá-lo naquele estado? Que sorte de criatura teria contemplado? E o que tal criatura poderia querer com todos eles?

CAPÍTULO 13
MARIA TEREZA

Rio de Janeiro, 18 de julho de 1892.

Sede da Agência Guanabara Real, 23 horas.

O teskie deu um chiado alto antes da mensagem de Firmino aparecer marcando o papel de bobina.

— "Quer *mesmo* que acreditemos em demônios?!" — leu em voz alta Maria Tereza, depois encarou Remy.

Remy apenas rosnou algo ininteligível. Estava sentado na poltrona à sua frente, muito pálido, tomando um café forte e batizado com conhaque, ainda parecendo estar mais no outro mundo do que neste. Ele havia vestido as ceroulas e as calças, mas, com os dedos ainda trêmulos para abotoar uma camisa, aceitara uma colcha oferecida por Maria Tereza para cobrir o frio que se seguiu ao suadouro.

Maria Tereza retornou ao teskie, que chiara com uma nova mensagem, que ela leu.

— "Não tente amenizar, MT! Remy é louco!"

Ela deu um longo suspiro. Remy abriu os olhos contrariado.

— Fico pensando... que será que o Firmino vai sugerir para curar minha loucura? — perguntou num tom de quem estava perdendo a longa paciência. — Ajuda profissional? Eletrochoques? Terapia de banhos gelados ou ferventes? Açoites?

— Foi uma força de expressão, Remy.

— Mesmo?

Maria Tereza voltou a enviar uma mensagem ao colega. Outro silêncio e um chiado anunciando que Firmino respondera.

— "Querer que eu acredite em demônios é um pouco demais" — leu ela.

— No que ele acredita ou deixa de acreditar não muda os fatos — sentenciou Remy.

Maria Tereza tamborilou os dedos na mesa com um ar cansado.

Remy endireitou o corpo e a encarou com uma sobrancelha erguida. Certamente a tinha visto como uma aliada até então. Ela calmamente voltou ao teskie e taquigrafou longamente para Firmino antes de falar.

— De fato, estou bem pouco interessada em saber se existem demônios ou não — disse ela para Remy. — Nossos fatos são: uma lista de desaparecidos, provavelmente mortos; e um assassino, ou um bando deles. Ao que parece, os criminosos que buscamos acreditam em demônios e isso é suficiente para toda a nossa preocupação.

Remy mexeu a cabeça incomodado. Era fácil ler que, naquele momento, ele já estava achando o caso menor do que a ameaça que vira em sua viagem astral. Maria Tereza não se alterou. Precisava ser pragmática, independentemente de Remy ter tido um delírio ou não.

— Procuramos alguém com poder e dinheiro suficientes para incluir uma construção e um mecanismo caro e engenhoso em meio à maior obra arquitetônica da nossa época. Estamos falando de poderosos, com ou sem o auxílio de demônios, é essa gente que temos que pegar. Debates religiosos não nos levarão a parte alguma.

Novo barulho de estática. E a resposta de Firmino apareceu. Maria Tereza a leu e concordou com a cabeça, depois voltou a encarar Remy.

— O que ele respondeu? — perguntou o colega.

— Concordou comigo. Irá continuar a investigar o dispositivo assassino e o dinheiro que o financiou.

Maria Tereza puxou o comunicador para perto de si e o desligou.

— Nem sequer pediu desculpas — comentou Remy, embora o tom não estivesse magoado. Ele surpreendeu o olhar irritado de Maria Tereza. — Estou falando de boa educação, Tereza.

— Ah, vocês dois já passaram dessa fase — disse ela fazendo um gesto com a mão e rodando levemente sua cadeira de um lado a outro. — Como está se sentindo?

— Mais forte — ele respondeu entre dois grandes goles do café.

— Quer uma folga? Descansar aqui ou em sua casa?

— Estou bem — repetiu ele. — E não sei se temos esse tempo.

Maria Tereza concordou com a cabeça.

— Quer pesquisar sobre o tal demônio?

Ela estava sendo gentil, mas obviamente, iria conduzi-lo a fazer o que queria com sugestões educadas e pequenas urgências. Remy já estava versado no estilo de Maria Tereza para se deixar manipular. Por outro lado, ela provavelmente, estava certa. Naquele momento pelo menos. Remy soltou um pequeno ar de riso.

— Acabou de dizer a Firmino que isso não era importante.

— Não para ele, com certeza. Mas é para você — disse ela com sinceridade. — No entanto...

Ele riu abertamente.

— Com efeito, aí está. — Soltou a xícara sobre a mesa e olhou dentro dos olhos dela. — No entanto... o que, minha cara?

Ela sorriu docemente.

— Ninguém tem as suas ligações com o submundo dessa cidade, Remy. E, certamente, ninguém é tão bom quanto você em extrair verdades desse submundo. E creio que precisamos dessas informações, não acha? Temos de encontrar a tal Eva, você mesmo me disse isso.

Remy se inclinou para a mesa.

— Você deve achar que sou movido a lisonjas, não?

Ela abriu uma caixa de cigarrilhas antilhanas e lhe ofereceu uma. Remy aceitou.

— O que você acha? — disse Maria Tereza, dando-lhe um sorriso.

— Ah, sim — ele cheirou a cigarrilha perfumada, algo de baunilha no fumo bem enrolado. — Certo, você me conhece. Movo-me com lisonjas — disse mexendo a cabeça como se afastasse um sonho ruim.

Os dois riram da pequena brincadeira.

— Amanhã irei atrás de minha melhor informante, a qual, aliás, me enviou um convite para a sua casa ontem mesmo — disse ele. — Parecia um tanto urgente, eu diria, mas como tinha outras preocupações... É claro que, agora, preciso me recompor antes de aparecer diante de Madame Leocádia. Nunca a visitaria neste estado deplorável. Seria um desserviço, além de pura grosseria.

— Ótimo! — Maria Tereza se ergueu da cadeira com energia. — Você vai atrás da sua informante e eu irei procurar amanhã pela minha.

— Vai atrás do menino sumido ou dos criminosos?

— Vou atrás do outro demônio, Remy. O do dinheiro. Se acharmos quem financia, acharemos o culpado ou culpados.

Remy levantou da cadeira também. Mais lentamente, o corpo ardendo em várias partes, reclamando do movimento.

— Não obteve nada de Moresco? — perguntou a ela.

— Nada, exceto silêncio. Nem com a mulher e a filha ele quis conversar.

— Maria Tereza — chamou e ela o encarou —, sejam demônios ou gente rica e poderosa... isso parece grande. Talvez, o maior perigo em que já nos metemos.

Ela ergueu os ombros.

— Como disse, já tive minha cota de demônios. E escapei deles — falou em tom sombrio.

Remy sabia ao que ela se referia.

— Tereza, o assassínio de sua família...

— O que é? — o tom dela foi agressivo.

— São memórias de uma menina.

— De todos, achei que você, Remy, não contestaria a memória de alguém por ser uma criança. Nem negaria a possibilidade de uma criança ser a pior coisa com que você já topou na vida.

Remy baixou a cabeça. Como convencer Maria Tereza que era um caso diferente de tudo o que tinham visto? Diante do que ambos já haviam passado, poderiam até acreditar que eram imortais por terem sobrevivido até aquela idade. Maria Tereza, apesar de todas as evidências, jurava que seu irmão de 12 anos havia assassinado o pai e a mãe, então, mesmo o mais poderoso dos poderosos lhe parecia menos perigoso que seus horrores passados.

— Estou afirmando que estamos correndo riscos enormes, minha amiga.

— Sim, estamos.

— Nossas vidas, nossas almas... isso não a abala?

Maria Tereza deu uma baforada com a cigarrilha.

— Remy, querido, temo pela vida de Firmino e ontem mesmo nós quase o perdemos. Temo pela sua alma e, hoje mesmo, nós quase te perdemos. Mas minha vida e minha alma se perderam há muito tempo, e hoje são essa agência. Enquanto ela estiver em pé, eu estarei também. Vamos fazer nosso trabalho.

Remy foi terminar de se vestir e disse que passaria o resto da noite com Catarina.

Ela lhe atirou um beijo e subiu em direção a seus aposentos sobre a agência.

Rio de Janeiro, 19 de julho de 1892.

Redação do jornal A Tribuna Popular, 11 horas.

A redação d'A Tribuna Popular, localizada no segundo andar de um prédio desmantelado nos arredores da Praça 11, era tão imunda por dentro quanto seu exterior sugeria. Um grupo de cinco jornalistas orbitava em torno do dono, chefe de redação e capitão do barco, o idealista Fernand Baidal, um espanhol que achava que palavras eram a maior arma que se podia usar contra os tiranos do mundo. Viera para o Rio de Janeiro para lutar contra o Império decrépito e agora se convertera no mais ácido crítico da República.

— Não poderemos descansar enquanto somente as elites mandarem e todos os outros obedecerem — afirmava ele sempre que possível.

Maria Tereza conhecia Fernand de longa data, mas hoje não viera em busca dele. Seu interesse era conversar com sua esposa, Neli.

Vinte anos mais jovem que Fernand, a pequena e arrojada Neli era provavelmente a melhor coisa que acontecera à Tribuna Popular desde sua fundação. Provavelmente, era a melhor coisa que acontecera ao jornalismo do Distrito Federal em muito tempo. Tão competente com as palavras quanto em obter declarações e entrevistas quase impossíveis, Neli ultrapassava inclusive os limites de seu sexo. Hábil em disfarces, não media esforços para conseguir o que desejava.

Maria Tereza já lhe oferecera um cargo na agência, mas Neli apreciava a denúncia, logo, não conviveria bem com os segredos que a vida de um detetive impunha. A própria Maria Tereza tinha imenso cuidado em conversar com a amiga, sempre tentando pescar informações além daquelas que dava.

Assim que entrou na redação recebeu vários cumprimentos. Fernand estava na tipografia, envolto por vapores ácidos e fumaça de carvão. Um jovem sem paletó e com os punhos da camisa manchados de tinta lhe apontou a sala do fundo, onde a encontraria.

Ao caminhar em direção ao lugar indicado, Maria Tereza se assustou em dar de cara com o Barão.

— Mas que boa surpresa, Madame Floresta. Temos nos encontrado com grande frequência. Será o destino? — disse ele tomando a mão dela para a beijar.

— Eu acredito que sejam mistérios envolvendo um assassinato em sua propriedade, não? — respondeu ela, olhando-o por cima da própria mão.

O homem, como sempre, recendia a elegância. E, também como sempre, vinha com seu guarda-costas a tiracolo.

— A senhora é implacável, não é mesmo? — disse ele, sorrindo sozinho de seu gracejo. — O que a traz à Tribuna Popular?

— Vim consultar uma amiga sobre o outro caso que estamos investigando. E o senhor?

— Fala da jornalista Neli Baidal? Também vim encontrá-la. A despeito da sua grosseria na reportagem dedicada ao incidente do Corcovado, lhe concedi uma entrevista, para não deixar mais nenhuma dúvida sobre meu espírito cooperativo. Falando nisso, a senhora recebeu minha lista? Espero que ela tenha sido útil.

— Ainda não nos debruçamos sobre ela, mas certamente será útil, apesar de eu não estar investigando o crime ocorrido em sua propriedade. A polícia está.

Era um jogo de gato e rato o que Maria Tereza e o Barão estavam fazendo um com o outro. Ele, por fim, deu-lhe um xeque.

— Claro que sim. Mas sei que a senhora tem uma curiosidade profissional incansável, então pensei em lhe auxiliar. Se precisar de mais alguma coisa, me procure — Ele tomou a mão dela e se inclinou numa nova mesura. — Passar bem, Madame Floresta.

— Passar bem, senhor Barão — devolveu ela, não ignorando o olhar inquisidor do guarda-costas.

Maria Tereza se dirigiu com passos firmes até o escritório de Neli, mas algo no caminho passou a perturbá-la. A porta tinha um vidro que dava para a redação e Neli sorriu ao vê-la bater na porta.

— Estava me perguntando quando aportaria aqui — disse ela assim que Maria Tereza entrou.

— Já aderiu às metáforas náuticas?

— Totalmente — disse a outra trocando beijos no rosto. — É difícil não aderir quando se é o imediato. Venha — falou, passando braço pela cintura de Maria Tereza —, você precisa se sentar.

A detetive aceitou a cadeira sem retrucar. E também o copo de água. Não conseguia localizar a origem de sua perturbação. Um cheiro, um vislumbre. Não conseguia atinar.

— Aguardava-me? — perguntou a Neli.

— Bem, depois do furo que nos passou com o assassinato no Corcovado, imaginei que apareceria por aqui. Estão investigando o assassinato, pois não? O Barão disse que gostaria...

Maria Tereza piscou e optou por uma meia verdade.

— Não estamos investigando para ele. A polícia apenas nos deu liberdade para que periciássemos o mecanismo que matou a vítima.

Neli sentou em sua cadeira. Já a estava entrevistando, ela sabia.

— Acredita na culpa do Engenheiro-Chefe?

— Não. Nem nós, nem a polícia. O Barão jura que tem completa confiança em Moresco. Mas o homem, em sua defesa, nada fala.

Neli acendeu um cigarro.

— Sim, eu sei qual a posição do Barão sobre o caso. Você o encontrou quando ele saía daqui, não?

— Sim — confirmou Maria Tereza, abrindo seu leque. — A propósito, boa reportagem a sua na edição de ontem. Apenas questionaria a utilização da expressão apelativa para o local do crime.

— Ordem de cima — respondeu ela sem muita atenção. Sabendo que a parte de cima era ela própria, Maria Tereza apenas negou brevemente com a cabeça e um ar de riso. — Ao que tudo indica, sexo e morte chamam a atenção e vendem mais jornais — devolveu a jornalista.

— Pois o caso é este, Neli: não temos indícios inequívocos do envolvimento do Barão. Temos apenas algumas suposições, mas não se faz nada com suposições. Aliás, parece que ele está fazendo o que pode para auxiliar no inquérito.

Neli estreitou os olhos. Maria Tereza a deixou ruminar a isca.

A repórter havia declarado guerra a todos os empreendimentos do Barão no Rio de Janeiro. Detestava o homem a ponto de ele lhe barrar na coletiva de imprensa na pré-inauguração, afirmando que ela era demasiado descortês para ser admitida numa reunião civilizada.

— Mas, se não foi ele, digo, o tal do Moresco, com envolvimento direto ou indireto do Barão, então, quem foi?

— Essa é nossa pergunta — disse Maria Tereza.

— Alguma linha de investigação?

— Várias. Na verdade, estou interessada em saber um pouco mais sobre a região.

A outra mastigou alguma coisa entre os dentes.

— Como o quê? — perguntou Neli.

— Donos, posses, etc.

— O Barão adquiriu tudo legalmente, se quer saber — informou a repórter com ranço.

Maria Tereza balançou a cabeça.

— Imaginei que sim. Dos antigos donos, alguma coisa estranha, algo na vida pregressa?

— Nada. Gente enfadonha. Comprou a região do Império após a Lei de Terras para lotear. Fizeram o trabalho sujo de expulsar os poucos posseiros que viviam da extração de palmito, venderam ao Barão e foram morar fora do Rio de Janeiro.

— Nada estranho, então? — Maria Tereza não desistia.

A dona da agência de detetives se aprumou na cadeira, ignorando o vai e vem dos vários jornalistas, revisores e técnicos que tornavam o grande saguão atrás da porta um espaço de vozes e passos caóticos.

— O que você chamaria de estranho, minha querida?

Neli sorriu e se levantou, indo da escrivaninha atrás da qual estivera sentada até um arquivo de metal fechado à chave. Puxou um molho de um bolso da saia e dobrou os joelhos para abrir a gaveta bem de baixo. Tirou de lá uma pasta bem forrada e levou até a mesa. Maria Tereza se adiantou e ficou ao lado dela.

— Todas as atividades criminosas da região acabaram após o Barão tomar posse do local. — Informou a jornalista.

— Ele tem fama de ser generoso com a vizinhança — argumentou Maria Tereza.

— Todas, Tereza? As atividades não diminuíram, não desaceleraram, não ficaram menos intensas. Elas cessaram. Todas! Não acha isso estranho? Qual o sinistro poder desse homem?

— Qual você acha que é?

Neli se virou e cruzou os braços.

— Eu acho que ele controla toda a marginália da capital.

Maria Tereza ergueu as sobrancelhas.

— Isso é forte. Pode até fazer sentido, mas é suposição, certo? Nunca publicou nada assim, não é?

— E eu lá tenho provas? Fernand me dá suporte, mas me mataria se eu sequer insinuasse algo que não posso provar.

— Meu bem, eu gosto de você, mas sei que tem uma quizila com o Barão do Desterro. E, infelizmente, não temos nada de concreto contra ele. Nem mesmo nesse caso de assassinato. Ele tentou contratar a agência para descobrir os assassinos. O homem parece limpo.

— Limpo demais — rechaçou Neli. Ela pensou um pouco e então, buscou um envelope no fim da pasta. — Certo, então vejamos, o Corcovado, fora a tal sala que mata, está virginal, certo? Mas isso aqui não.

Ela retirou uma documentação de dentro do envelope e estendeu sobre a mesa.

— Na mesma época em que ele adquiriu o Corcovado, comprou também outra propriedade na zona rural. Pagou indenizações, foi generoso e esvaziou a área.

— E isso é suspeito para você?

— Tereza, o lugar tem guaritas de 10 metros de altura em toda a extensão. Arame farpado. Ninguém entra. Ninguém sai. Ninguém sabe ou fala o que tem lá dentro. A única movimentação é às quintas-feiras. Um grupo de carruagens escuras, com as cortinas cerradas entra lá e só.

A menção a escuras carruagens despertou o interesse de Tereza.

— Você tem testemunhas disso que está me falando?

— Não, infelizmente — Neli respondeu irritada. — Arranquei do único segurança que consegui que conversasse comigo. Sabe do que mais? Ele foi demitido no dia seguinte. Na outra semana, seu corpo apareceu afogado na praia da Glória. A polícia disse que ele estava bêbado e deve ter caído do píer.

Maria Tereza analisou um pouco mais os papéis reunidos por Neli.

— Não vejo as conexões que vê, amiga, mas esse lugar estranho fora da cidade... — Ela suspirou. — Embora o Barão tenha o dinheiro, não vejo nele as motivações para o que estou investigando. Não estou excluindo a possibilidade de ele estar envolvido com a criminalidade da capital, mas estou procurando algo bem específico. Não acho que seja isso.

— Não quer me dizer o que é?

Maria Tereza negou com a cabeça.

— Segredos do ofício, querida.

— Certo. Bem, se quiser analisar mais esses papéis, talvez ache alguma coisa. Ou quem sabe, queira me ajudar a achar e conversar com a tal Eva?

Um arrepio mexeu com Maria Tereza.

— Quem?

— Eva. É o nome de quem vive dentro da propriedade rural do Barão. Tenho tentado encontrá-la, mas a criatura é um fantasma. Nem sei se é um nome verdadeiro, mas foi o único que arranquei do vigia.

A respiração de Maria Tereza acelerou.

— Pode me indicar onde exatamente fica essa propriedade?

CAPÍTULO 14

FIRMINO

Rio de Janeiro, 19 de julho de 1892.

Botafogo, 11 horas.

Firmino não retornara à agência, tendo dormido em uma pensão barata, perto do lugar seguinte que iria investigar. Como em outras vezes, não tinha problema em dormir em camas estranhas e impessoais, ele que tão pouco possuía de apegos. Como o positivista que era, interessava-lhe o trabalho, a ciência e seu laboratório, nos fundos do primeiro andar da agência.

Ademais, depois da conversa que tivera pelo teskie com Maria Tereza, tudo o que ele não precisava naquela noite era encarar Remy e seus surtos espiritualistas. Felizmente, a líder do grupo havia colocado alguns limites naquela insanidade toda.

Depois de acordar às seis e ficar na cama por mais de uma hora revisando informações, testando possibilidades e se revirando nos lençóis, levantou para o banho e o café. A conversa na copa, que migrava entre o preço da saca de café e alguma fofoca sobre casos amorosos dos caixeiros-viajantes, que disputavam entre si o indecoroso título de conquistador do maior número de amantes em terras alheias, pouco lhe apetecia.

Não que tivesse pudores em relação ao sexo oposto — a convivência com Remy destruíra qualquer tipo de recato arraigado pela criação cristã —, mas sempre preferira o odor dos óleos e graxas e o ronronar das engrenagens do que a companhia feminina. Remy dissera-lhe que ele ainda não encontrara a pessoa certa, mas Firmino recusava-se a aceitar o conselho do colega, principalmente em assuntos dessa natureza.

Deixando o quartinho da hospedaria, partiu para o primeiro compromisso do dia: o velório de Pedro Flores. Tomou o planaereo e seguiu pelas linhas elevadas até o cemitério da Consolação. Como previa, havia apenas um clérigo, a amásia que encontrara no necrotério e um coveiro esperando pelo término do serviço.

Excetuando a simplicidade e a tristeza do luto, uma suntuosa coroa de flores fora enviada pelo Barão do Desterro, com um cartão que não apenas apresentava seus sentimentos como também se colocava à disposição para qualquer necessidade da jovem. Esta, levantou o rosto enlutado ao ver a chegada de Firmino.

O serviço findado, ele a acompanhou até o portão principal.

— Alguma novidade, senhor? Sobre suas investigações?

— Firmino, minha senhora.

— Joaquina — devolveu ela, estendendo-lhe a mão.

Firmino lhe ofertou a mão mecânica, o que a assustou inicialmente, mas lhe cumprimentou normalmente.

— Por hora, ainda não. Mas estamos no curso de uma descoberta importante. Eu lhe prometo que farei meu máximo para esclarecer esse crime.

Joaquina agradeceu e antes de deixá-lo, confessou:

— Leve o culpado à justiça. Eu não preciso de piedade, nem de dinheiro, nem de coroas de flores. Preciso de justiça.

Firmino a encarou por um momento, lembrando-se das palavras de Maria Tereza.

— Dona Joaquina? — chamou-lhe, em tom inquisitivo.

— Só Joaquina, senhor.

— Então, só Firmino — respondeu-lhe, arrancando um sorriso rápido naquele dia de luto. — Pedro Flores, ele lhe falava do trabalho? Parecia preocupado com alguma coisa? Algo o incomodava?

Ela pareceu pensativa por um momento antes de responder.

— Não. Era algo estafante, posso lhe dizer isso. Ele vivia cansado. Mas estava feliz. Adorava aquilo, as máquinas, todo o projeto. Sempre falava dos novos problemas de engenharia e das soluções. Eu não entendia metade do que ele explicava, mas ele parecia feliz em falar e eu ouvia. Pode entender isso?

Sim. Firmino entendia. Cada grama do seu ser compreendia as palavras de Joaquina com uma intensidade que ela não poderia notar ou compreender. Aquele era o tipo de empreendimento que ele estudara a vida inteira para participar. Lá em cima, entre as máquinas gigantescas da estátua e do trem aéreo, entre engrenagens e polias, recendendo a óleo e carvão... Sim, aquele era o seu verdadeiro lugar.

Com um apertar de dentes, ele engoliu novamente a decepção do rumo que a vida tomara e a cumprimentou novamente. Depois de pedir seu endereço para um futuro contato, chamou uma carruagem para ela e outra para si. Precisaria agora investigar a pista que havia conseguido no dia anterior.

O endereço obtido com o Velho levou Firmino até a Rua da Matriz, em Botafogo, uma região de apartamentos limpos, esgoto recém-construído, crianças com meias até os joelhos e pretos em uniformes de babá ou chofer.

Passou pela ladainha de sempre junto ao porteiro no hall do Residencial Tijuca, o conjunto de apartamentos registrado pelo Velho. Mostrou sua identificação, mas o sujeito, que parecia um emigrante do norte, não acreditou nas suas credenciais, focalizando o tempo inteiro a mão mecânica. Provavelmente, ouviu muito pouco dos seus argumentos.

Foi preciso ligar para a inspetoria e ouvir uma longa conversa ("Um cabra que se diz doutor engenheiro, mas tem uma prótese mecânica. Sim, é isso mesmo, meu senhor. Hã? Tem certeza? Mas que presepada. É verdade, é não? Deus, meu senhor. Em que mundo vivemos? Uma prótese verdadeira, o senhor diz? Eu sou leso se sabia disso.") para que ele se convencesse. Largou o telefone com um estrondo irritado.

— Você é quem diz ser — falou, como quem não acredita nas próprias palavras, sem tirar os olhos das engrenagens que giravam sob os dedos de Firmino.

— Isto — tornou, — é óbvio.

— Mas não vai lhe adiantar nadica de nada. Cá esteve um entregador com um pacote e chamamos o apartamento por várias vezes, sem resposta. Não há ninguém em casa.

Firmino agradeceu com um suspiro cansado e deixou o local. O ar abafado irrompeu no colarinho. Não poderia ficar ali, parado. Chamaria mais atenção que um elefante rosa bailarino. Não havia tampouco bares ou praças onde pudesse manter uma discreta vigilância ao local.

Por outro lado, o apartamento vazio lhe abria uma nova perspectiva. Uma revista poderia lhe render mais do que um confronto direto com o misterioso comprador.

Caminhou lentamente até a esquina, observando os edifícios, e fez o trajeto de volta. Da valise, tirou um boné surrado. Arregaçou as mangas, jogou o casaco por cima do ombro e abriu a camisa.

Com um ar casual, entrou no edifício à esquerda do Residencial Tijuca.

— Bom dia, meu senhor — disse, os olhos baixos e a expressão submissa. — Vim ver o para-raios.

— Para-raios? — respondeu o porteiro, um sujeito gordo e de olhos miúdos.

— Sim, meu senhor. Foi instalado recentemente. Previne incêndios do céu, sim, senhor. Mas eu me esqueci de acoplar a caixa de ressonância magnética.

— Hein?

Firmino abriu a valise e começou a tirar os seus diversos aparatos mecanicistas.

— É uma caixinha vermelha como essa — disse, mostrando o invólucro da máquina ferrótipa. — A gente aparafusa aqui e ali, ó, e conecta o cabo aqui.

— Hã... Certo... — e o porteiro pigarreou. — Não foi instalado, hein? Ora, que sujeito burro você é.

— Culpa minha. Trabalho de graça, hoje. Azar o meu.

— Então suba lá. E trate de deixar tudo no lugar.

— Pode deixar, senhor — disse, agradecendo com vários trejeitos da cabeça. — Vou pela escada?

— É claro! — gritou o porteiro, parecendo escandalizado. — Os locomotores são de uso exclusivo dos moradores e seus convidados. Nenhum empregado tem autorização para usá-los.

— Naturalmente, meu senhor. Muitos bons dias, meu senhor.

Firmino tirou e botou o gorro na cabeça. Com um andar descuidado, seguiu em frente. Subiu os lances da escadaria até o sótão, galgando uma escadinha de ferro carcomida pela ferrugem antes de alcançar o terraço. Aproximou-se do parapeito. Tinha uns bons dois ou três metros de distância até o prédio ao lado, como calculara lá de baixo. Os dois prédios tinham a mesma altura, o que dificultaria um pouco a travessia, mas não o suficiente para intimidá-lo.

Do fundo falso da valise, retirou um protolançador, de fabricação própria. Após mirar cuidadosamente o parapeito do prédio vizinho, apertou o gatilho. Um arpéu disparou até o outro lado, a lança de ponta de adamanstênio cravando com força na alvenaria. Amarrou a outra ponta em uma chaminé de tijolos e, depois de calçar novamente as luvas e prender a valise, atravessou o cordão esticado com as pernas cruzadas, as costas viradas para o chão enquanto utilizava ambas as mãos para atravessar.

Arrombar a porta do sótão foi uma tarefa absolutamente fácil. A fechadura vagabunda — já que ninguém esperava que gatunos descessem dos céus — caiu com um estalido curto para o lado de dentro. Firmino desceu cuidadosamente pelas escadas e avançou até o número 17. Uma volta na gazua e ele estava dentro do apartamento.

A sala de estar ensolarada era decorada com móveis simples, mas de bom gosto. O lugar era limpo e organizado e, fora um cinzeiro abarrotado de pontas de cigarro, não havia nada fora do lugar.

A não ser, é claro, o corpo.

O cheiro não era muito pronunciado, mas logo os vizinhos perceberiam.

Firmino colocou um lenço junto à boca e, com cuidado, examinou o defunto. O sujeito — um exame rápido na carteira informou que estava na ilustre e cadavérica presença do senhor Alfonso Peixes — fora morto com um tiro no peito. Se pudesse apostar, diria que o disparo fora efetuado de muito perto. Não havia sinais de luta e nem ferimentos defensivos. O tal Alfonso provavelmente conhecia o assassino e o deixou entrar.

As palavras queima de arquivo espocaram em sua mente. Deixou o corpo apodrecendo em cima do tapete grosso e vasculhou o apartamento de dois quartos. O primeiro quarto parecia um vestíbulo comum, mas o segundo, onde abafadores haviam sido instalados, fora transformado em uma oficina muito bem aparelhada de instrumentos e materiais.

Fez uma revista, sem encontrar nenhum tipo de papel. As encomendas, espalhadas por várias bancadas, de acordo com o nível de complexidade, não traziam indicação ou marca em especial, a não ser um número frio e sem sentido.

Na cozinha espaçosa, em tons azuis, um fogareiro antigo, repleto de cinzas, trouxe um pouco de luz às suas indagações. Alfonso deveria receber o pedido pelo mensageiro e queimá-lo antes de realizar a tarefa. Revistou o apartamento de cima a baixo, primeiro cautelosamente, depois, não encontrando nenhum tipo de armadilha, com a audácia de quem não tinha nada a temer. Nada encontrou.

Voltou-se ao corpo. O corpo fala, dissera-lhe uma vez um professor do Instituto Médico, já aposentado, que ensinara a Firmino algumas coisas de sua profissão depois que a agência o havia salvo de uma falsa acusação de venda de corpos. Se não havia nada no apartamento, poderia ter mais sorte ali. Calçou as luvas e começou a despir o cadáver, afastando as moscas-varejeiras que infestavam o ferimento. Ao virar-lhe de costas, teve sorte. Havia uma tatuagem ali, algo que ele reconheceria imediatamente: um lobo guará. O símbolo da fraternidade da Faculdade de Engenharia da Escola Imperial.

Aquilo batia com a personalidade do morto, pensou Firmino, recolhendo as luvas em um saco.

Não havia mais nada a fazer ali. Não chamaria a polícia — eles não poderiam fazer mais nada mesmo e já estava bastante encrencado com a morte do assassino de aluguel para ser pego em uma nova cena de crime. Fechou a porta atrás de si e a trancou, refazendo o trajeto até o terraço. Depois de abandonar o Residencial Tijuca, retirou o arpéu, desceu e abanou para o porteiro de vastos bigodes. Lá fora, assim que alcançou a esquina, refez o próprio trajeto e conseguiu um cabriolé.

Sabia muito bem quem entrevistar sobre o assassinado Alfonso Peixes.

Rio de Janeiro, 19 de julho de 1892.

Universidade Imperial, Manguinhos, 15 horas.

A Universidade Imperial ocupava uma vasta região da parte leste da cidade, ao lado de manguezais onde os calouros eram obrigados a pescar caranguejos com as mãos como forma de iniciação. Um amplo projeto de engenharia construíra pontes elevadas, saindo do centro até o Campus.

Mas alguns poucos ainda preferiam os aerobarcos, pequenos veículos movidos a hélices, que percorriam os mangues sobre uma plataforma plana de forma rápida e discreta.

Firmino alugou um dos barcos e dirigiu sozinho até o quase abandonado ancoradouro da universidade. Lá, subiu pelos jardins floridos, evitando os caminhos mais abertos e se mantendo nas sombras.

Entrou pela porta dos fundos de um dos edifícios de tijolos avermelhados e fachada neoclássica. O movimento dos empregados, professores e estudantes o tornava apenas mais um rosto na multidão, e ele seguiu incólume até uma porta alta e pintada de branco, onde uma placa de metal reluzia: Prof. Euclides Matusalém — Engenheiro.

Bateu na porta e entrou.

O professor Euclides era um sujeito franzino, corcunda e com vastos cabelos brancos a lhe emoldurar a fronte. Ele ajeitou brevemente a gravata borboleta enquanto empurrava os goggles bifocais até a ponta do nariz para encarar Firmino. Uma expressão levemente angustiada passou pelas suas faces.

— Alguém viu você entrar, meu rapaz?

— Não, professor. Tive cuidado — respondeu Firmino, avançando pelo escritório decorado em castanho e marfim, onde lâmpadas amareladas lançavam reflexos dourados sobre os móveis de mogno.

— Ah, muito bem. Muito bem — repetiu, aliviado. — O que as pessoas falam, rapaz... Você nem imaginaria.

Não passou pela cabeça de Firmino contestar o professor. De um certo modo, gostava do velho. Ele o recebia, em segredo, era claro, mas já era muito mais do que poderia dizer dos outros.

Uma porta lateral se abriu e uma moça oriental e baixa, com um coque bem desenvolto, entrou com uma pasta nas mãos. Ela cumprimentou Firmino com um sorriso, que foi correspondido com uma mesura rápida.

— Ah, minha cara Estela. Você já a conhece, Firmino? É a minha assistente.

Eles já se conheciam há um bom par de anos, mas a memória do professor não era mais a mesma.

— Ainda ontem, estava falando a ela sobre você, Firmino. Que vocês dois deveriam se conhecer. Afinal, têm muito em comum. Dois amantes dos números, das formas geométricas, incapazes de galgar os pilares da universidade por leis obscenas.

Firmino engoliu em seco. Não queria recordar isso tanto quanto Estela, que aceitara um cargo subserviente para se aproximar da universidade. Ignorando os efeitos de suas observações, o professor Euclides tagarelava:

— Mas o tempo há de mudar isso. E por falar nele, parece que o nosso meteorologista de plantão errou novamente. Escuto atentamente as previsões, pois quero testar a minha nova invenção, um carregador de baterias por descargas elétricas. O que me faz lembrar, senhorita Estela, que preciso comprar botas novas.

Firmino encarou Estela por um momento, que fez um aceno quase imperceptível para dois pares de botas de cano longo, intocadas, ao lado da escrivaninha do professor. Firmino engoliu um sorriso e se virou para o Professor.

— Professor Euclides, o senhor já ouviu falar de um aluno chamado Alfonso Peixes?

— Alfonso Peixes? Não... Creio que não. Mas não tenho tempo para alunos. O tempo é escasso. Isso me lembra de que preciso organizar meu experimento com o acumulador de baterias. Se aquele desgraçado do meteorologista fizesse o seu trabalho direito, eu saberia quando ia chover — resmungou, cruzando os braços.

— Certo, professor. Mas e o senhor Peixes?

— Não sei quem é. Por que pergunta?

— É um ex-aluno daqui, imagino.

— Aluno? Não se pode contar com eles. Nem com previsões do tempo.

— É. Imagino que sim — suspirou Firmino, derrotado. — Eu preciso ir, professor.

— Sim, sim. Pode ir. Depois me diga como foi o experimento e me traga o relatório.

Firmino olhou para a senhorita Estela, que apenas deu de ombros antes de se aproximar do Professor.

— Vou levar o doutor Boaventura até a porta.

— Sim, faça isso, minha querida. Depois, precisamos achar minhas botas de borracha. Está quase na hora da previsão do tempo — resmungou, dirigindo-se até um rádio.

Os dois caminharam em silêncio até a saída do prédio.

— Ele parece pior — comentou Firmino, em voz baixa.

Estela concordou com um aceno. Havia tristeza em seus olhos e um sentimento de angústia na voz.

— Suas ideias estão cada vez mais erráticas. Tenho refeito os cálculos sem que ele perceba, mas já falam abertamente em aposentá-lo compulsoriamente.

— E o que você fará?

— Arranjar outro emprego — disse ela, com os olhos brilhando. — Taquigrafista. Datilografista. Secretária.

Firmino engoliu em seco, mas sua solidariedade era temperada com suas próprias desilusões, por isso permaneceu calado.

— Alfonso Peixes foi orientando dele — informou Estela.

Firmino piscou os olhos, atônito.

— Você o conheceu?

— Sim — respondeu ela e Firmino não pode deixar de notar um certo grau de amargura na sua voz. — Ele não tinha dinheiro, mas ganhou uma bolsa de estudos. Era um aluno brilhante. Seu projeto de graduação envolvia o desenvolvimento de um simulacro mecânico de cérebro.

Firmino ergueu as sobrancelhas, impressionado.

— Ele achava que poderia criar ações coerentes baseadas em regras simples da lógica. Não um cérebro humano, é claro, mas algo mais simples. Ele dizia que deveríamos nos centrar nas pesquisas etológicas. Abelhas. Formigas. Elas desenvolvem comportamentos extremamente complexos a partir de meia dúzia de regras básicas.

— E que fim levou ele?

— Nunca concluiu o projeto. No quarto ano, foi pego vendendo trabalhos escolares para os colegas.

Firmino balançou a cabeça, sabendo o que viria.

— O processo de expulsão foi sumário.

Ela parou, mas Firmino tinha a nítida impressão de que havia algo mais e ela não o decepcionou.

— Ele falou algo engraçado... Não pareceu abatido ao ser expulso. Disse que já tinha o futuro resolvido. Que iria trabalhar para Eva.

Firmino quase engasgou ao ouvir aquilo e não foi preciso repetir a pergunta à Estela. Tinha certeza do que ouvira.

Firmino agradeceu e deixou o prédio, pensativo. Enquanto dirigia o aerobarco pelos manguezais, concatenava as últimas informações.

Um ex-aluno de engenharia brilhante, que caiu em desgraça após ser expulso da universidade. E a menção a Eva.

Nada daquilo fazia sentido. Engolindo o orgulho, tomou consciência do que a sua mente já arquitetara: precisava avisar Remy. Mesmo completamente descrente dos embustes do sujeito, um fato era um fato e ele precisava seguir a trilha enquanto ela ainda parecia fresca.

Rio de Janeiro, 19 de julho de 1892.

Cosme Velho, 20 horas.

Firmino só estivera no Palacete de Remy por duas vezes e odiara cada segundo. Na primeira, durante o caso do "Sapateiro Homicida da Tijuca", fora carregado para fora por dois guerreiros senegaleses vestidos em trajes cerimoniais. Na segunda, invadira o local às pressas, pois temia que a vida do sacripanta estivesse em perigo, somente para descobrir uma cena hedonista que envolvia vapores soporíferos, trajes de seda, corpos inebriados e um periquito verde.

A cena ainda povoava seus pesadelos.

Ele bateu na elegante aldrava e, sem ouvir resposta, testou a fechadura. Como era hábito do dândi inconsequente, a porta estava aberta.

Reunindo na mente a coleção de avisos e descomposturas que pretendia lançar ao esotérico, que parecia andar com a cabeça nas nuvens e não se preocupar com a segurança pessoal, Firmino entrou no hall, sentindo a opulência de cores, dourados e espelhos atacar seus sentidos. Como alguém poderia morar em esplendor tão arcaico e vulgar era algo que lhe escapava totalmente, mas, pelo bem da verdade, tudo em Remy lhe parecia indecoroso e depravado.

Uma hora eram as orgias alcoólicas, em outra, os prazeres da carne, exacerbados por perfumes e entorpecentes. De uma certa feita, gastou milhares de réis em pergaminhos e livros ancestrais, escritos por embusteiros antigos. Em outra, permitiu-se investir em ações de uma companhia de mineração peruana, lhe rendendo uma bela quantia, mas, como perdulário que era, a soma já desaparecera em plumas, vinhos exóticos e companhias infames. E ainda havia os saraus, os regabofes, as moçoilas pudicas, as rameiras histriônicas...

Firmino estacou no primeiro degrau da escada que o levaria até os aposentos particulares de Remy. Estava prestes a subir quando foi surpreendido pela pantera que apareceu rapidamente no alto da escadaria e que pulou sobre ele, derrubando-o no meio da sala.

O animal fitava seus olhos com fúria, dando a Firmino o tempo para pensar se seria poupado ou devorado.

Então aquela monstruosidade sombria era a nova felina doméstica que falara a eles meses atrás? Apenas a mente deturpada de Remy poderia pensar numa patuscada dessas! Mas como confiar na palavra de um sujeito que dizia ser capaz de falar com mortos e ouvir sussurros de demônios esquecidos?

Com sua mão robótica, Firmino conseguiu afastar o animal e se colocar em pé, agora diante da fera. A besta pareceu estranhar o peculiar mecanismo e afastou um passo, agachando-se em posição de ataque.

Sem deixar de encarar a fera, ele procurou qualquer coisa que lhe servisse de arma. O vaso que enfeitava o corrimão da escada era pesado. Seria o suficiente para deter o ataque de um felino de quase cem quilos?

Ainda encarando a besta, ele levou as mãos suavemente até o vaso, levantando-o por cima da cabeça e...

— Pare! O que está fazendo?

Firmino não pôde deixar de soltar um suspiro de alívio ao ver Remy aparecer no alto da escada, trajando apenas um roupão leve, os cabelos molhados pelo banho recém-findo.

A pantera saltou lépida pelos degraus, subindo até o segundo andar para se enroscar entre as pernas do dono, aproveitando para lamber as gotas d'água.

— Já era hora de você aparecer. Se não tivesse ralhado com ela, eu...

— Eu não ralhei com ela — disse Remy, parecendo chocado. — Você sabe o que está segurando? Este é um legítimo vaso de cerâmica Nabeshima! Ele é inestimável!

O choque deu lugar à firme decisão de espatifar o vaso na cabeça de Remy, seguido da conclusão de que não valeria a pena. Teria muito o que explicar a Maria Tereza, se assim procedesse.

— Acabei de chegar do Misericórdia. O que está fazendo aqui? — perguntou, retirando o vaso das mãos de Firmino e o ajeitando novamente no seu lugar, para então deitar num canapé e pedir à Duquesa que descansasse, ao que a pantera obedeceu, deitando-se aos seus pés.

Firmino estudou a cena e por fim sentou-se, em uma poltrona longe dos dois.

— Preciso falar com você.

— Isso é óbvio. Tenho certeza de que não veio até o meu Palacete para me acompanhar em um banho aromático.

— Pode ter certeza disso — rosnou Firmino.

Remy sorriu. Ele tirava Firmino do sério e se divertia com isso. Firmino, por sua vez, irritava-se com a facilidade com que era manipulado por aquele embusteiro. Resolveu tomar as rédeas da situação.

— Descobri uma coisa.

Firmino suspirou longamente, olhando para a sala de estar que não faria feio a nenhum nobre. Sentia o cheiro almiscarado da pantera espalhado pelo recinto, mesmo sob tantas camadas de incensos e perfumes. Inquieto, relatou a Remy tudo o que descobriu, até chegar à inesperada menção a Eva.

Dessa vez, Remy não sorriu.

— Então, agora acredita em mim?

— O nome Eva foi citado por um aluno de engenharia. Isso é um fato real, Remy. É só com isso que trabalho.

— Mas todos os caminhos levam ao mesmo lugar. Em minha viagem astral na noite passada, além do demônio que por pouco não me aprisionou, eu vi um homem que portava um medalhão com a mesma inscrição. Consegues perceber? Iluminação e trevas, meu amigo. É com isso que estamos lidando.

Depois de um dia inteiro de trabalho, Firmino não estava mais com paciência para aquele tipo de conversa. Mas tinha que concordar que a visão de Remy coadunava com a sua descoberta. Impaciente, pôs-se de pé.

— Já disse o que precisava — concluiu, ríspido. — O que você vai fazer?

— Ora, a investigação do medalhão e do nome ali encravado se tornou mais importante do que nunca. Era para isso que me preparava com os meus sais.

E, dito isso, Remy ergueu-se do canapé e se aproximou para sussurrar no ouvido de Firmino:

— Recebi uma mensagem, e esta noite investigarei nos lençóis da mais bela dama desta cidade.

E voltou a subir para seus aposentos para se vestir adequadamente, seguido por sua pantera, que devolveu a Firmino um novo olhar desconfiado antes de desaparecer atrás de seu mestre.

Firmino pegou sua bolsa e deixou o palacete, tomando uma carruagem alugada de volta à agência. Que outras novidades MT teria para ele?

CAPÍTULO 15

REMY

Rio de Janeiro, 19 de julho de 1892.

Arredores de Copacabana, 22 horas.

Ao adentrar o saguão do prostíbulo, Remy se sentiu em casa.

O estabelecimento comercial de Madame Leocádia era conhecido pelo refinamento de seus empregados e pelo bom gosto de sua clientela. Na renomada Mansão das Orquídeas, encontrava-se de tudo para todos os desejos e valores — exceto aos deselegantes ou aos de poucos recursos, o que era compreensível, dada a necessidade de manter a qualidade dos serviços ali ofertados.

Nela, você poderia jogar e apostar o que bem desejasse, tendo a ciência de que poderia ganhar ou perder seu corpo, sua carteira ou sua decência. Mas convenhamos: quem se importaria com a decência num lugar no qual as regras eram anuladas, os apetites satisfeitos e as posições reinventadas?

Semanalmente, Leocádia alternava suas damas e moços, surpreendendo a freguesia com novas aquisições, que eram não apenas de distantes regiões do Brasil como também de outros países. Desse modo, lá imperavam sotaques que iam do norte ao sul, quando não damas orientais perigosas, jovens europeus perfumados, indígenas mexicanos ou norte-americanos de assegurada qualidade. E, se você fosse acreditar nas conversas de alcova, máquinas estranhas e fálicas de precisão relojoeira estavam disponíveis para quem quisesse se aventurar.

A única regra da administradora era nunca, em hipótese alguma, contratar servos mal-educados ou pouco atraentes. Era claro que Leocádia também era muito atenta à higiene, à toalete e às performances individuais.

E que performances!

A Mansão das Orquídeas ofertava variações, inversões e sensações que agradavam a homens e mulheres e também a casais que, de vez em quando, lá iam para se divertir. Além das escolhas múltiplas no que concernia a jogos eróticos, havia também cômodos às escuras ou iluminados, repletos de perfumes ou utensílios cujo uso desafiava a compreensão de puritanos ou libertinos.

A eficácia no jogo sensual, executado no tabuleiro dos lençóis ou nos marcos das portas, depende da qualidade imaginativa de seus jogadores, cantava um dos bordões de Madame Leocádia.

Quanto à clientela, reuniões de trabalhos eram comumente marcadas ali, nos saguões sociais ou nas salas de jantar particulares que recebiam comerciantes, jornalistas, políticos e aristocratas decadentes. Era em função desses variados e refinados extratos sociais que Remy visitava o estabelecimento. Naquela noite, infelizmente, a negócios, não por prazer.

Quando lá entrou, figura conhecida no suntuoso salão, pediu de imediato que fosse levado à dona da casa. Remy foi, então, conduzido ao salão principal, próximo ao bar, para esperar por ela. Enquanto isso, Monsieur Perry, o barman, serviu-o de um Bourdeaux 1876. Remy acendeu uma cigarrilha e ficou olhando o movimento.

As pessoas iam e vinham pelo salão, conversando, bebendo e alguns dançando, ao som dos músicos que tocavam uma valsa alemã no pequeno palco. Mirou um jovem italiano que roubou sua atenção, mas não por muito tempo, não naquela noite.

Remy e os demais logo viram a dona, que desceu a escadaria do segundo andar do casarão com pompa de cocote francesa. A música foi interrompida, as conversas cessaram e os sons de taças e garrafas desapareceram, sendo substituídos pelos aplausos e louvas para receber Madame Leocádia, como era o costume a cada noite.

Tratava-se de uma mulher esplendorosa e alta, que vestia um traje noturno decotado e elegante, com luvas escuras e longas que subiam pelos braços brancos. Os ombros nus vinham escondidos sob a farta e ondulante cabeleira loira. Nem todas as damas sabiam se portar, nem todas sabiam falar, nem todas sabiam se vestir ou se embelezar com equilíbrio, parcimônia e elegância. Madame Leocádia era uma mestra em todas essas artes e em muitas outras. Mas nem sempre foi assim.

Vinte anos antes, quando recém adentrara a idade de Balzac, foi espancada por seu cafetão, desgostoso que estava pelos lucros noturnos que começaram a diminuir. Pega de surpresa, não pode se defender. Noites mais tarde, recuperou a consciência e tardou a reconhecer o rosto no espelho esmaecido do quartinho onde morava. Em resposta, estrebuchou o animal à beira da Baía e deixou-o lá para morrer e saciar a fome dos cães descarnados que eram a peste do Rio de Janeiro naqueles dias.

Desde então, Leocádia jurou que não mais viveria tal sorte de violência e que dedicaria sua vida à criação de uma casa em que homens e mulheres poderiam encontrar prazer e beleza — as chaves de sua profissão — e onde os profissionais sob os seus cuidados teriam proteção e dignidade.

Nessa época, entretanto, ela não se chamava Madame Leocádia, mas Leocádio, um prostituto de um metro e oitenta de altura, celestiais olhos azuis e compridos cabelos dourados. Como apenas as poderosas criaturas nessa terra de Deus eram capazes, havia se tornado o que bem queria. E Remy não apenas compreendia aqueles desejos como a respeitava profundamente por isso.

— O que o traz ao nosso humilde estabelecimento, Remy, meu querido? — disse Leocádia entre uma baforada e outra de sua longa piteira. — Seria Marcus, o jovem espanhol que passou por você? As moças, decepcionadas, já estão comentando.

— Achei que ele fosse italiano.

— Querido, ele pode ser o que você quiser que ele seja — disse ela, sorrindo.

Remy adorava a leveza de Leocádia e o quanto ela conseguia inspirar um ar de pura alegria e prazer. Era como se as amarguras da vida e as tristezas da existência não significassem nada naquele ambiente de sonhos de amor e luxúria.

— Quer que eu apresente vocês? — perguntou a cafetina.

— Talvez em outra noite, Madame Leocádia. Assuntos de outra natureza me trazem até aqui nesta noite.

— Ai, Remy, não seja mal criado. Este é um lugar de conversas estimulantes, não de negociatas broxantes.

— Diga isso ao restante da sua clientela — replicou Remy, bebendo do seu vinho e olhando para um conhecido grupo de senadores e militares.

— Eles são a personificação do tédio, não? Tudo bem, eu concordo consigo — sussurrou Leocádia, ao pé do ouvido de Remy. — Mas uma casa como essa precisa pagar as contas.

— Sem dúvida, minha querida. Um brinde às conversas deliciosas e às alegrias prestimosas!

Os dois riram um para o outro e se dedicaram a outras amenidades. Remy deixou que Leocádia determinasse o momento de entrarem nos temas menos agradáveis. Após uns vinte minutos de conversa, ela se inclinou na direção dele e comentou com tom de sigilo:

— Eu enviei a mensagem a você porque há uma pessoa que gostaria que conhecesse. Como já nos auxiliou outras vezes, pensei que você seria a pessoa certa.

Remy assentiu e ambos deram mais alguns minutos para terminarem suas bebidas. Depois, deixaram o hall principal da Mansão e acessaram um longo corredor adornado de sinuosas luminárias de bronze e pinturas paisagísticas. Tal percurso era intercalado por portas que davam acesso a saletas particulares. Através das portas semiabertas, Remy vislumbrou homens conversando, casais brindando, jovens solteiros sendo seduzidos por deslumbrantes mulheres ou adoráveis mancebos, entre outros contatos que serviam de antessala a outra sorte de intercurso. Ao final do corredor, saíram para o jardim banhado pela luz da lua.

Passando pelos visitantes que ali bebiam e conversavam, Leocádia levou Remy a um prédio discreto, também de dois andares, que ficava nos fundos do seu estabelecimento. Era a segunda morada da Mansão das Orquídeas.

Quando se pensa num prostíbulo, supõe-se que homens e mulheres estão sempre disponíveis aos jogos de prazer e entrega. Mas não quanto aos que moravam e trabalhavam sob o olhar vigilante de Madame Leocádia. Ao adentrar aquela segunda construção, Remy apreciou encontrar uma casa comunal confortável e aconchegante, com livros, salas de estudo e outros cômodos onde os jovens que não estavam trabalhando efetuavam outras atividades, não vestidos para a noite e sim para si próprios. Estes olharam para Leocádia com desconfiança, pois raras eram as visitas naquele ambiente.

— Ele é um amigo e está aqui para conversar com Josefa — informou.

Remy seguiu Leocádia até um cômodo amplo e confortável, que estava à meia luz e ficava no fundo da casa. Na grande cama de dossel, uma figura repousava.

A jovem adormecida se assustou com a chegada não anunciada, mas logo foi confortada por sua tutora. Disse que ela precisava contar ao seu amigo o que havia lhe acontecido. Quando Remy se aproximou dela, ficou horrorizado com o que viu.

Primeiro lhe chamou a atenção a beleza dos ondulantes cabelos ruivos que deveriam, noutros tempos, garantir os serviços da jovem a preços nem um pouco módicos. Mas não mais, pois hoje seu rosto e corpo eram uma tela na qual figuravam feridas e cortes ainda mal cicatrizados. O que tinham feito com ela?

Remy sentou diante da jovem, recebendo a cadeira das mãos de Leocádia.

— Conte a ele, Josefa — pediu Leocádia sentando ao lado dela e auxiliando-a a se acomodar com travesseiros e um abraço maternal.

A moça conferiu seu olhar vigilante umas duas vezes antes de começar a falar com a voz fraca e entrecortada.

— Eles me levaram daqui numa tarde de quinta-feira, seu moço. Era um pedido particular, algo que quase nunca atendemos, pois muitos são os perigos externos para gente como nós — ela respirou. — Prometeram pagar muito bem e enviaram uma carruagem bem rica, dessas de pessoa importante, que parecia saída de um conto de fadas. Quando entrei no carro, tinha um homem usando uma máscara. Ela tapava olhos e nariz, deixando à mostra apenas a boca e os dentes. Ele me deu uma taça de vinho e depois de dois goles, no movimento da carruagem, eu perdi os sentidos.

Remy escutava a narrativa com atenção, anotando mentalmente alguns detalhes que lhe saltaram: a carruagem; quinta-feira; rituais noturnos; identidades mascaradas...

— Quando acordei, eu estava amarrada numa sala ampla, iluminada por velas, parecia um templo, Deus me perdoe! Havia um monte de homens, não sei exatamente quantos, estava muito assustada. E — ela novamente respirou fundo — eles seguravam facas de pedra e vestiam roupas escuras e máscaras, como do homem na carruagem. Eu... me dei por conta de que estava num chão de pedra e tinha uns símbolos estranhos na minha volta... — A moça pareceu prestes a voltar ao choro de dor, mas Leocádia voltou a apertar os braços em torno dela. — Tinha umas manchas vermelhas por tudo, manchas de sangue. Eu comecei a gritar e um deles começou a dizer palavras sem sentido, e ele apontou para mim. Aí, aqueles homens todos, eles, eles vieram na minha direção.

A jovem engasgou, buscando ar.

— Eles começaram a me cortar, enquanto o homem continuava falando e falando. Eu não entendia nada! Eu... eu achei que ia morrer.

Remy desviou por breves instantes do rosto da jovem para os olhos furiosos de Leocádia. A moça, depois de recuperar o fôlego, continuou sua narrativa:

— Então, eu ouvi um grito, e todos pararam de me machucar e olharam para alguém que tinha entrado na sala. Ele ordenou, em português bem claro, que parassem, que havia escutado do Senhor da Morte que "não deveriam macular aquele solo com sangue de putas ruivas", foi bem o que ele disse, disso eu não esqueci. Ele mandou que me tirassem dali e que me matassem. Eu fui jogada dentro de uma carruagem e levada para um lugar, não sei pra onde. Me jogaram dum morro baixo, cercado por um matagal. Nem sei como eu estou viva. Foi Deus Nosso Senhor que teve pena de mim. Eu consegui me arrastar até encontrar uma estrada. Não sei quanto tempo depois, um charreteiro me achou e eu pedi que ele me trouxesse para cá. — Ela se inclinou para Remy com um olhar de súplica. — Por favor, seu moço, o senhor é da polícia? Por favor, não deixa eles chegarem perto de mim... por favor....

A voz de Josefa foi interrompida pelo choro que chegou de forma incontida.

— Descanse agora, querida — disse Leocádia, aconchegando o corpo da jovem embaixo das cobertas. — Vou levar meu amigo até a porta e então eu voltarei para ficar com você.

Era uma cena de raro cuidado maternal, que Remy dificilmente imaginaria por parte da dona da Mansão das Orquídeas. Leocádia levou-o até o pátio e os dois pararam abaixo do luar. Depois de instantes, Remy quebrou o silêncio:

— O relato de Josefa tem relação direta com um caso que estamos investigando. Um caso para o qual, coincidência ou não, preciso de sua ajuda, minha cara.

— Fale-me dele, Remy.

Diferente de como havia feito com Catarina, selecionou o que contar a Leocádia. Ela tinha seus próprios interesses e uma agenda comercial definida. Assim, detalhou apenas a investigação na qual estava envolvido e o mais importante: o medalhão e Eva, sem mencionar nada dos seus horrores esotéricos e místicos, temas pelos quais a cafetina não tinha o mínimo interesse.

Ela escutou a narrativa em silêncio, prestando atenção a cada detalhe. Tinha uma memória soberba, qualidade necessária às suas negociatas e à sua meta em manter a Mansão das Orquídeas relevante naquele cenário citadino que ofertava muitas carnes a muitos preços, mas nunca um serviço e uma paisagem tão sofisticados. Ademais, os Beija-Flores de Madame Leocádia — o termo que usavam para referir aos seus meninos e meninas — sempre bicavam o que ouviam em seus experientes ouvidos.

— Nesta sua investigação... — falou Leocádia, depois de escutar Remy sem interrompê-lo —... há também signos mórbidos escritos em sangue?

Remy assentiu, lembrando-se da narrativa de Josefa, porém estranhando sua descrição, que não batia exatamente com a câmara encontrada no Corcovado. Ele se aproximou de Leocádia, mirando seus olhos azuis e retirou do interior do seu paletó algumas das fotos da câmara sangrenta e depositou-as nas mãos fortes da dama.

Assim como Remy, ela já havia visto de tudo, mas até onde a perfídia humana seria capaz de ir?

— São horrores como estes que eu e meus associados estamos investigando. Queremos levar os responsáveis à justiça e impedir novas vítimas.

— Você não sabe com quem está lidando, Remy — disse ela, suspirando e devolvendo as fotos a ele. Leocádia desviou o olhar e suspirou, afastando para bem longe o sorriso que havia margeado seus lábios. — Vocês correm risco de vida. Essas pessoas não brincam em serviço e elas são poderosas. Falamos de homens de sobrenomes imponentes e que não podem ser levados à justiça. Por que não? Ora, meu caro, eles inventaram a justiça! O que vocês ou eu ou nós, podemos fazer contra eles?

— E o que faríamos, minha querida — disse Remy, segurando entre os dedos a mão dela, — senão lutar e enfrentar esses malditos, até nossas últimas forças?

Leocádia riu.

— Ah, meu caro. Você sabe o que acontece com heróis românticos, não?

— Sim, eu sei. Eles morrem jovens e tuberculosos ou findam suas vidas em guerras gregas contra turcos otomanos. Quando isso não acontece, engordam e morrem velhos em suas camas. As primeiras opções são mais desejáveis — finalizou Remy, agora desviando de seus olhos e fitando a lua entremeada de pesadas nuvens. — Se você tivesse de apostar suas fichas nos responsáveis pelo que estamos discutindo, em quem você apostaria, Leocádia?

— Numa lista de nomes nada desejável de se ter por inimigos. Eu sempre desaconselho trabalhos fora da nossa casa, que é um ambiente seguro e, acima de tudo, nosso lar. Mas Josefa precisa enviar semanalmente dinheiro para sua mãe e seu filho no interior do Paraná e, por isso, aceitou o trabalho. Quando não voltou, chamamos a polícia e eles foram solícitos, pois o delegado geral é um dos meus clientes. Mas nada fizeram, e quando ela voltou ferida daquele jeito e contou isso a eles, os dois inspetores riram, dizendo que tudo não passava de uma invenção. Você me entende? Nós dois sabemos quem manda e desmanda nessa cidade e de quanto poder eles têm. Quanto a nós, o mínimo que podemos fazer é nos proteger, e ficarmos bem quietos e em silêncio.

Remy encarou Leocádia.

— Madame Leocádia, o rosto de Josefa...

— Ela nunca mais voltará a atender a clientela, não com aquelas cicatrizes. E Remy, há cicatrizes como aquelas em todo o seu corpo. Ela tampouco terá outra vida, nem mesmo com sua família. Eu vou mantê-la aqui, aos meus cuidados, como uma doméstica ou auxiliar contábil. Ainda não me decidi. Mas eu a acolherei, pois também me sinto responsável pelo ocorrido.

— Leocádia, há algo mais que possa me contar?

Ela permaneceu em silêncio por alguns instantes, até finalmente começar a falar.

— Eu não tenho certeza, Remy, e talvez tudo não passe de mera suposição, mas... recebemos aqui toda a sorte de homens importantes. Gente que ocupa os mais altos cargos da República. Mas há uma noite na semana na qual muitos deles não aparecem, o que me faz suspeitar de algum encontro em comum, algum concílio ou reunião secreta. Falo da noite de quinta-feira. Nunca dizem nada, mas é óbvio para quem conhece os hábitos desses senhores.

— Em algum momento, alguém escutou algo deles? Alguma conversa, alguma sugestão do que planejam?

Leocádia não escondia mais sua apreensão, uma vez que não era apenas daquela jovem ferida que estavam falando como também do futuro de seu próprio estabelecimento, que deveria vender discrição em temas de qualquer natureza.

— Isso não sairá daqui minha querida. Você tem minha palavra.

— Eu não sei, Remy, mas tem algo a ver com política. Das poucas informações que recolhi dos meus meninos e meninas, eles falam sobre mudança dos paradigmas. De um novo mundo. Uma nova ideia de país. Este tipo de papagaiada que os republicanos repetiam antes da queda do Império.

— Mas seria algo contra a República?

— Eu não faço ideia. A única coisa que eu sei é que políticos, condes e barões, em qualquer governo ou situação, têm o mesmo hábito: eles ficam em cima e nós embaixo, e é assim que as coisas são, eles mandam e nós obedecemos.

Remy então perguntou se o nome Eva significava algo para ela. Quando a mencionou, leu no rosto de Leocádia o terror do reconhecimento, de peças sendo pouco a pouco encaixadas em um hediondo mosaico.

— Quando se referem à quinta-feira, volta e meia esse nome é citado, como se fosse a casa de alguém ou um lugar de reuniões. O que ele significa? — perguntou ela.

— Ainda não sabemos, Leocádia, mas este nome tem sido recorrente em diversas conversas. — Remy silenciou, desviando seu olhar para o céu estrelado e refletindo sobre diversas possibilidades, até ser interrompido pela voz de sua interlocutora.

— Mas há algo que Josefa se esqueceu de mencionar no relato que fez a você, sobre o líder do ritual que quase a matou. Na primeira vez em que ela me contou essa história, mencionou que ele portava um medalhão prateado, a única coisa que diferenciava a sua vestimenta das demais.

Remy agradeceu e prometeu retornar com respostas. Antes de deixá-la, virou-se, concentrando-se num título específico citado por ela:

— Uma última pergunta: O Barão do Desterro. Ele é um cliente da casa?

Leocádia respirou fundo e assentiu, temendo a repercussão daquela resposta.

— O Barão tem gostos peculiares. Mas ele é um dos únicos clientes que nunca desrespeita ou maltrata nenhuma das jovens. Além disso, dá sempre gorjetas altas, o que o faz ser disputado por muitas das meninas. Mas há um detalhe. Como outros de nossos clientes, ele nos visita várias noites, exceto... nas noites de quinta-feira.

Remy deixou-a, sabendo que muito havia a discutir com seus associados na sede da Guanabara Real, em especial pelo que precisariam fazer.

Se a sua suposição estivesse certa, o fatal desenlace daquele mistério os aguardava na noite seguinte.

CAPÍTULO 16

MARIA TEREZA

Rio de Janeiro, 20 de julho de 1892.

Arredores do Engenho Novo, 22 horas.

— Isso não vai acabar bem! — disse Maria Tereza aos seus dois associados.

Haviam se reunido na agência no início daquela quinta-feira e passado o dia comparando descobertas e ajustando possibilidades. Moresco continuava preso e em silêncio. O jovem violeiro permanecia desaparecido e suas esperanças de que ainda estivesse vivo diminuíam hora após hora. Quanto às suspeitas místicas de Remy e as descobertas tecnológicas de Firmino, nada parecia encaixar ou compreender uma solução adequada. Entre milhares de variáveis, apenas um elemento permanecia central ao caso, embora igualmente envolto em mistério: o Barão do Desterro.

O próximo passo pareceu muito claro a Maria Tereza: precisavam investigar o tal terreno fortificado do Barão.

Firmino foi de opinião contrária. Independentemente das taras que o Barão demonstrasse no Salão de Leocádia, se acreditassem nas palavras dela, o homem tinha uma ação pública impecável. Progressista, filantropo, um dos mais destacados conselheiros da cidade.

— São coisas demais envolvendo o nome dele — afirmou Maria Tereza.

— Podem ser coincidências ou, até mesmo, alguém querendo incriminá-lo — disse o engenheiro.

— Por que alguém iria querer incriminá-lo? — questionou ela, cruzando os braços em frente ao corpo. Estava escorada na soleira da porta que separava a sala principal da agência do restante do andar de baixo da casa. Firmino estava em sua mesa. Remy os observava, levemente entediado em sua poltrona, batendo com a bengala em seus sapatos de couro.

— Por que ele iria cometer crimes dessa magnitude, se já é tão poderoso? — devolveu Firmino.

— Se há algo que sei dos poderosos, é que eles nunca acreditam ter poder o bastante — rebateu ela.

— Sua raiva dos poderosos pode obliterar seu discernimento, MT.

— Seu entusiasmo pela tecnologia e os financiadores do progresso pode obliterar o seu, Firmino.

— Então — disse ele, decidido — consideremos os fatos. A tal Leocádia não afirmou que o Barão é o único dos graúdos que é decente com as jovens do prostíbulo? Isso o coloca num outro patamar, não?

— A menos de um minuto você não estava disposto a considerar as palavras de Leocádia — interpôs Remy.

Firmino deu um suspiro.

— Acho que devemos considerar todas as variáveis. E se o tal Covil de Eva, do qual Leocádia ouviu falar, for só outro prostíbulo e nada tiver a ver com o terreno? E se a propriedade for exatamente o que o Barão declara? Espaço para uma futura indústria de peças, para máquinas a serem vendidas para outras regiões do Brasil? Algo que nos colocará no nível industrial do Reino Unido. Poderemos estar perdendo um tempo valioso em procurar o menino desaparecido. Não me olhem assim, estou apenas fazendo as vezes de advogado do diabo.

Remy jogou a cabeça para trás, sustentando-a no espaldar da poltrona.

— O diabo... sim, sim, é justamente dele que falamos.

Firmino contou mentalmente até dez e escolheu não rebater.

— Então, você concorda com a MT, que o Barão pode estar por trás de tudo isso? — perguntou ao colega.

— Eu concordo que, se temos dúvidas, — continuou Remy no mesmo tom entediado — precisamos investigar. Até mesmo o santo Barão.

— Não distorça as minhas palavras! Estou considerando que nossas evidências são pífias para embarcarmos em uma aventura que pode nos colocar em maus lençóis com um dos homens mais poderosos da capital.

— Se esse é seu medo, Firmino, creio que deve reconsiderá-lo depois de quase ter sido assassinado, não? — Maria Tereza o encarou com severidade e Firmino desviou do rosto dela procurando uma anotação sobre a mesa. — Pelo tamanho que a coisa toda está tomando, não creio que sairemos incólumes dessa.

— O que quer dizer? — a pergunta veio de Firmino, mas Remy havia se mexido na cadeira para encará-la com o semblante carregado.

— Exatamente o que eu disse. Então, pensem bem. Se um dos dois quiser, bem... deixar esse caso passar, essa é a hora.

Os homens ficaram em silêncio e depois trocaram um olhar de rara cumplicidade.

— Temos um acordo, MT — assegurou Firmino.

Remy se ergueu da poltrona e deslizou até ela, pegando sua mão e beijando-a.

— Temos um pacto — disse com firmeza.

Ela sorriu.

— Isso quer dizer que manteremos a decisão de visitarmos o tal terreno do Barão e sabermos o que fazem lá as carruagens escuras nas noites de quinta-feira?

— Nesse caso — disse Firmino se erguendo de sua mesa com um mapa na mão e estendendo-o sobre a mesa de Maria Tereza —, confiaremos em seus instintos e traçaremos os planos para nossa visita.

O sol ainda estava no céu quando os três investigadores deixaram a agência num nada discreto portento mecânico.

A distância e o barulho feito pelo protótipo concebido por Firmino os fez partir cedo da Rua Riachuelo. Iam vestidos para um passeio no campo. Maria Tereza segurava uma cesta arrumada para um convescote e Remy deixara bem à vista uma garrafa de vinho. Foram seguidos por algumas crianças da região e cumprimentaram com efeito todos os adultos que encontraram.

Já estavam longe da cidade quando pararam e esperaram a noite cair.

Minutos depois, as roupas de passeio deram lugar a vestes escuras e fáceis de confundir com as sombras da noite, bem como a goggles de visão noturna que todos colocaram sobre os olhos. A cesta de vime revelou seu conteúdo de armas que foram estrategicamente distribuídas entre os três detetives. Então, retornaram ao protótipo e se embrenharam mais profundamente na Mata Atlântica.

— Estamos a uns três quilômetros do lugar. Vou reduzir a potência do motor para não corrermos o risco de chamar atenção.

Firmino reduziu e depois de um declive que os deixou ainda mais próximos de seu objetivo, puxou os freios. O protótipo estremeceu e, com uma espécie de grunhido, parou. Os três empurraram o carro-caldeira para fora da estrada e o cobriram com uma lona. Na escuridão da noite e na bagunça do arvoredo, as chances de terem seu plano de fuga revelado eram pequenas.

Firmino e Maria Tereza foram à frente, levando consigo facões para abrirem caminho na mata. Remy os seguiu, mantendo os olhos em uma bússola que apontava um pouco mais do que o norte magnético. Ele apontou na direção noroeste e os três se encaminharam para lá.

Os goggles noturnos permitiam que eles vissem não apenas o reino de galhos, troncos e folhas, como também as pequenas criaturas que tomavam o matagal à noite: aranhas, serpentes e insetos menores, que volta e meia eram acompanhados de gatos selvagens ou tatus rasteiros.

A noite já ia alta e escura quando avistaram as sentinelas do terreno, posicionadas em quatro altas torres de madeira reforçada. Maria Tereza consultou o relógio na algibeira do colete escuro.

— Ponham-se à vontade, meninos — sussurrou ela. — Ficaremos aqui por pelo menos uma hora.

Remy lhe arqueou interrogativamente as sobrancelhas bem-feitas.

— Vamos ver quais são os protocolos de segurança antes de colocar nossa cabeça na guilhotina — retornou ela.

Os dois concordaram. Ficaram observando como as sentinelas se comunicavam. A cada quinze minutos um deles informava que estava tudo bem, fazendo um giro com o facho da lanterna. Por conta disso, foi possível calcular que, além das torres visíveis, havia pelo menos mais outras duas a uma distância que a noite não os permitia distinguir. Pouco antes da comunicação entre os guardas, um facho de luz a gás de grande potência varria as matas à volta. Nas vezes em que isso aconteceu próximo a eles, os três se jogaram imóveis, com os rostos voltados para o chão.

— Vocês não acham estranho um complexo desse tamanho ter apenas quatro vigias? — perguntou Firmino.

— Sim, mas pode haver outros — respondeu Remy.

— Mas não muitos outros. Lembrem-se, meninos: é noite de quinta-feira. Se nossas suspeitas estiverem corretas, algo terrível acontece aqui nesse dia. Quanto menos testemunhas, melhor.

— Você tem razão, MT. Certo — disse Firmino, inquieto. — Já compreendemos o funcionamento. Vamos?

— Espere! — Remy o segurou pelo braço. — Que horas são, Tereza?

— Faltam quinze minutos para às onze.

— Vamos aguardar as carruagens, então — sugeriu, ele. — As sentinelas estarão com a atenção voltada ao portão grande.

— Nesse caso — disse Firmino —, será melhor se desviarmos por trás da guarita mais próxima ao morro. Embora nossa caminhada seja maior.

— De acordo — disse Maria Tereza. Creio que devemos ficar à sombra do morro até conseguirmos ver o que está acontecendo na propriedade e também se há mais vigilantes.

Os dois homens balançaram as cabeças afirmativamente.

Não demorou muito para ouvirem um das guardas berrar: Portões!

Um movimento a uns quatrocentos metros deles indicou a aproximação de pelo menos três carruagens. Com cuidado, eles se esgueiraram até ficarem rentes ao morro alto que dividia a propriedade e se arrastaram pelo chão até chegarem ao limite estabelecido pelo arame farpado. Firmino cortou com rapidez o fio mais baixo e eles conseguiram se arrojar para dentro da propriedade.

Mantiveram-se junto ao morro, abrindo caminho o mais silenciosamente que podiam por entre os arbustos e cipós que desciam da pedra. Num dado momento, o terreno começou a baixar e eles perceberam que uma depressão se seguia à parte mais alta do terreno. Ao chegarem à borda do barranco, se depararam com um conjunto bastante impressionante de construções.

— Lá está a fábrica que o Barão registrou — disse Firmino em voz baixa apontando para uma parte da construção de onde saíam chaminés.

— Certo — disse Remy. — E aquele prédio hexagonal?

Firmino puxou seu binóculo imediatamente e direcionou para o centro do terreno.

Uma construção de aspecto neoclássico iluminada por archotes estava, naquele momento, abrindo-se para o grupo de homens que descia das três carruagens escuras.

— Aquele é o templo em que eles devem executar seu pérfido ritual — disse Remy.

— Como sabe que é um templo? — perguntou Firmino.

— Olhe os símbolos sobre a porta — apontou Remy, mesmo sem os goggles noturnos.

— Sacripanta! Como consegue enxergar dessa distância?

Maria Tereza lhes chamou atenção para a construção mais afastada à direita.

— E aquilo? O que acham que é?

Um conjunto extenso de pavilhões se estendia até onde podiam discernir naquela escuridão.

— Abrigos para operários? — sugeriu Firmino.

— Veremos. Firmino, vá até a fábrica e descubra o que está sendo fabricado lá. Remy...

— O templo. Sim, com certeza.

— Ótimo. Irei para os pavilhões. Mantenham-se próximos aos comunicadores. Nosso ponto de encontro será o carro-caldeira, caso qualquer coisa aconteça.

Sem mais palavras, Maria Tereza se afundou na noite, correndo com o corpo curvado para deixar o movimento mais próximo ao chão. Tinha sensações horríveis sobre aquele lugar. Não podia afirmar qualquer coisa sobre o Barão ou outros culpados, mas aquilo tudo lhe parecia muito, muito ruim.

Ela se esgueirou pelas sombras, observando os três vigias que coordenavam a entrada das carruagens, quase dando de frente com outros dois, que vigiavam o outro lado do complexo. Rápida como uma felina, ela desapareceu numa das paredes escuras, não alcançadas pelos canhões de iluminação. A tensão se coadunava com sua impaciência.

Com os vigias longe e os outros entretidos com os visitantes noturnos, não levou muito tempo para chegar perto do primeiro pavilhão. Observou que havia um segundo andar e, à luz que vinha do templo, as janelas de vidro exibiam sombras de armários. Documentos, pensou consigo mesma. Fez a volta no pavilhão procurando uma porta discreta e a encontrou. Não teve dificuldades em arrombar os dois grandes cadeados, prática aprendida e com frequência executada em seus dias de juventude.

Usando a iluminação sutil que saía do teskie, ela examinou o lugar. Era a entrada que abastecia uma cozinha industrial. A porta do outro lado do cômodo levava a um salão que lembrava um refeitório. Estava tudo vazio, sem qualquer tipo de guarda. Tomando cuidado para não fazer barulho, Maria Tereza seguiu em direção às escadas que levavam ao segundo piso. A subida foi mais complicada, pois a madeira rangeu alto a cada um de seus passos na semiescuridão.

Se tanta gente comia ali, pensou, os outros pavilhões deviam ser dormitórios. Operários, como sugeriu Firmino? Uma outra porta trancada obliterava sua entrada ao que parecia ser uma espécie de escritório. Arrombou-a com a mesma precisão e entrou, encostando a porta atrás de si.

Havia uma grande quantidade de fichários em ferro cercando duas mesas de trabalho que se encontravam limpas de qualquer tipo de papel. As gavetas das mesas estavam trancadas, assim como os fichários.

Maria Tereza respirou fundo. Abriria as gavetas ou os fichários primeiro? Não sabia quanto tempo teria. Apostou na sorte.

Arrombou um dos fichários de metal. Letra E. Nomes e mais nomes, mas não eram apenas nomes de pessoas e sim de comunidades. Grupos inteiros listados por sexo, idade, quantidade e força. Muitos indígenas, ex-escravizados, quilombolas, mas também uma boa quantidade de brancos pobres, caipiras e imigrantes estrangeiros. Muita gente. Por que estavam listados ali? Para trabalho? E como esses deslocamentos populacionais não estavam sendo comentados pelos jornais?

Ela seguiu para uma das mesas. Talvez as gavetas contivessem alguma pista. Abriu a gaveta longa que ficava abaixo do tampo, uma daquelas em que se guardavam projetos de engenharia e arquitetura. Estava certa. Assim que o clique da fechadura lhe permitiu deslizar os puxadores em sua direção ficou diante de uma grande quantidade de papel em que se observavam as linhas de um intrincado projeto mecânico.

Ela se sentou para analisar aqueles documentos e o que poderia compreender deles. O que o Barão tinha em mente? Um imenso projeto industrial, sem dúvida. E usando mão de obra retirante. Mas por que fazer tudo na surdina, tendo ele a oportunidade de angariar ainda mais predileções à sua tão anunciada política de auxílio aos desfavorecidos? Nada daquilo fazia sentido.

Ela decidiu continuar sua busca, voltando-se para outro arquivo. Agora, encontrara o que esperava desde que ali chegara.

Entre os documentos, estavam as plantas da câmara do Corcovado. Maria Tereza tremeu um pouco. Eram provas inequívocas contra o Barão. De que modo planos industriais e políticos poderiam coadunar com tal armadilha fatal, entranhada na rocha e respingada de signos sangrentos?

Respirou fundo como quem sente a guerra se avizinhar e colocou os papéis de lado, continuando seu exame do resto.

Foi quando teve ciência do que mais se fazia naquele lugar e do destino que alguns desaparecidos tiveram nas mãos daquele facínora!

Seu primeiro impulso foi descrer do que aparecia nos planos. Retornou ao início, na esperança de encontrar respostas que contradissessem o que vira.

Abriu um pouco mais a gaveta e a examinou com o coração estourando contra o pescoço. Não podia estar certo. Ela entendera tudo errado.

Então, suas mãos enluvadas tocaram um monte de papéis pequenos e ela os puxou. Eram fotos. De pessoas. Em um número muito maior do que o que eles julgavam desaparecidos e... O que haviam feito com elas? Seus corpos estavam...

— Santo Deus!

Mas não houve tempo para o horror se assentar.

Uma explosão iluminou tudo do lado de fora das janelas quebrando alguns vidros sobre ela. Maria Tereza se jogou ao chão e as fotos caíram, se espalhando pelo assoalho.

O barulho de fogo e gritos encheu a noite junto com o brilho amarelado. Ela deu um jeito de se aproximar da janela.

Adiante, o templo hexagonal ardia.

Remy!

CAPÍTULO 17
FIRMINO

Rio de Janeiro, 20 de julho de 1892.

Arredores do Engenho Novo, 23 horas.

O prédio lembrava mais um armazém ou mercado público, impressão que se mostrou correta quando Firmino conseguiu arrombar a fechadura e empurrar as gigantescas portas o suficiente para passar.

Ele usava a lanterna galvânica, mas boa parte do que viu estava iluminada pelos modernos lampiões elétricos da propriedade, que invadiam o recinto pelas janelas que se estendiam por todo o comprimento do prédio.

Imaginava encontrar uma fábrica de alguma espécie, pois as chaminés que irrompiam do teto indicavam essa possibilidade, mas nunca cogitou encontrar uma manufatura tão aparelhada. Soldadores, prensas de grande octanagem, tornos, centros de usinagem, guindastes e empilhadeiras estavam esparramadas por uma verdadeira selva de tubos de baixa pressão, mangotes e reguladores.

Firmino atravessou aquela glória à indústria e atingiu um pátio interno de manobras. O que ali contemplou arrancou-lhe um suspiro de admiração e terror.

Estacionados lado a lado, em um silêncio pesado e perverso, viu corvetas de guerra de seis patas, com canhões reluzentes no alto, andadores bípedes com uma única janela e metralhadoras instaladas no ventre, entre uma dúzia de tanques de rolamento com disparadores curtos espalhados pela base giratória. Mais além, se os seus olhos não estivessem enganados, dois encouraçados de aço estavam sendo montados.

As enormes máquinas de guerra, ainda sem as placas e rebites de proteção, pareciam duas gigantescas ossadas de baleia, a pele de aço ausente permitindo uma inspeção minuciosa nas engrenagens, alavancas e polias.

Havia uma escada de ferro que descia até o nível inferior daquela garagem militar. Sentindo os degraus metálicos rangendo a cada novo passo, Firmino desceu.

Amontoadas junto às paredes de pedra haviam caixas de projéteis e morteiros, além de duas máquinas automatizadas para confecção de munição de alto calibre. Barris de pólvora e salitre estavam guardados em um canto, protegidos por grossas paredes de aço. Explosivos dos mais variados tipos estavam espalhados em vários lugares, prontos para abastecer as naus de guerra.

Um arsenal completo, terrível em seus propósitos e belo em seus tons verde-oliva. Com aquele oásis de destruição, seria possível invadir um pequeno país ou provocar uma rebelião. Firmino temia por qualquer uma das respostas.

Então, ele ouviu.

Na verdade, mais sentiu do que ouviu, pois era uma vibração estranha, como o fundo contínuo de grandes máquinas em rotação. Firmino estava acostumado ao barulho estridente das instalações fabris, mas aquilo parecia diferente, muito menos impactante do que as grandes engrenagens que impulsionavam os pistões, gruas e soldadores das indústrias de manufatura que conhecera na Europa. Se não achasse a ideia ridícula, diria que era o som de um milhão de abelhas zangadas vibrando em uma colmeia de vidro.

Andando pelo grande armazém, foi capaz de identificar a origem daquele som pela sutil vibração abaixo de seus pés. Não tinha dúvidas de que, durante o dia, quando técnicos, soldados e trabalhadores marchavam de um lado para o outro, seria muito difícil ouvir qualquer coisa. À noite, acompanhado apenas pelo piar de uma coruja ocasional, era muito mais fácil sentir o som surdo.

Havia um alçapão logo após um conjunto de escrivaninhas, cuja disposição e formato certamente marcavam o recanto dos engenheiros. Sentiu a vibração aumentar ao tocar a maçaneta de metal. A fechadura era complicada e foi preciso gastar alguns minutos preciosos para destravá-la, o que só aumentou a sua curiosidade. Afinal, uma fechadura daquele tipo não era usada banalmente. E em um armazém lotado de armas sofisticadas, o que merecia ser escondido dessa maneira?

O alçapão abriu com um ruído, deixando à mostra um poço escuro e uma escada de ferro que descia às profundezas. Por um momento, lembrou-se da mãe e suas estúpidas crenças sincretistas. O inferno, fosse qual fosse a religião, não podia ter acesso melhor do que aquele buraco no chão, emanando vapores estranhos.

Firmino começou a descer, sentindo o gotejar do suor que escorregava pela mão. A vibração aumentara ou seriam apenas os seus nervos?

Cerca de trinta degraus depois, alcançou um novo pavimento, onde corredores estendiam-se para vários lugares. Aquele compartimento oculto parecia tão grande quanto o nível superior. No alto, canos de cobre e ferro disparavam jatos de vapor de tempos em tempos. Firmino usou a mão mecânica para medir a temperatura dos tubos e compreendeu que a malha de cobre transportava vapor comprimido à alta pressão. Em algum lugar, uma fornalha devia queimar quantidades absurdas de carvão para manter aquela pressão contínua. Concluiu que o objetivo, ainda obscuro, só poderia estar ao final daqueles canos.

Firmino arriscou ampliar a luz da lanterna galvânica, mentindo para si mesmo que havia pouca probabilidade de alguém estar lá dentro, ignorando os próprios medos que já controlavam suas ações. O caminho seguia indefinidamente para frente, levando o vapor para um destino desconhecido.

Ao fim do corredor, sentiu que o movimento vibratório se tornara ainda mais forte. Os canos de alta pressão haviam se bifurcado há pouco, desaparecendo por trás de uma parede. Firmino encontrou uma porta e abriu a maçaneta e, por mais que sua mente teimasse em analisar cientificamente o que via ali, não tinha suas próprias emoções preparadas para o que estava prestes a ver.

O objetivo dos canos de alta pressão se tornou óbvio e claro.

Atrás da porta, em um vasto salão, o vapor girava um dínamo gigantesco, convertendo a passagem do ar comprimido em energia cinética, que impulsionava ímãs tão grandes quanto as carruagens que desfilavam no centro carioca. Grossos fios de cobre enrolados nos ímãs capturavam os milhares de quilowatts de energia elétrica gerados pelo mecanismo. Em um rápido desafio mental, Firmino calculou que a energia gerada ali poderia iluminar todo o Rio de Janeiro.

Os elétrons eram distribuídos por fios encapados que se espalhavam pelo salão como uma teia de aranha macabra que alcançava um sem número de receptáculos compridos, como vagas gigantes que brilhavam na escuridão.

Firmino se aproximou de um deles, odiando a si mesmo pelo coração que saltitava pela boca. O receptáculo lembrava vagamente um caixão, se fosse possível imaginar um ataúde metálico como uma caixa de ferro fundido. Reforçado com rebites em suas extremidades e no centro, contavam com uma larga escotilha de vidro na parte superior, semelhante às encontradas nos navios de luxo. O receptáculo estava cheio de um líquido verde, que brilhava como uma luz fantasmagórica e fugidia.

Firmino esticou-se para poder enxergar pela escotilha. O líquido verde remexeu-se com uma nova descarga elétrica. Ele era denso e viscoso e qualquer coisa que estivesse submersa provavelmente passaria imperceptível. A não ser que...

— AHHHHH!

O grito assustou Firmino, apesar de partir de sua própria boca.

Ele já vira corpos antes. Na verdade, vira mais corpos do que gostaria desde que passara a trabalhar para a Agência Guanabara Real, mas nunca nada como aquilo. O corpo que era preservado ali dentro não era mais humano... Na verdade, era mais do que isso, e sob um certo ponto de vista, muito menos.

Quem construíra aquela coisa a submetera a inúmeros testes e experimentos. Próteses mecânicas foram acopladas à carne levemente putrefata, não com o objetivo solene da substituição de membros perdidos, como a sua mão metálica atestava. As ligações aos nervos foram realizadas diretamente, unindo os fluidos óleos à própria coluna cervical, criando um amálgama, meio homem, meio máquina.

Aquilo era uma profanação de tudo que a engenharia e as ciências médicas haviam produzido nos últimos anos. Ao invés de próteses, aquela aberração fora unida a armas de disparo contínuo, conspurcando músculos e tendões. A dor daquela criatura deveria ser insuportável. Por isso a mantinham naquele casulo? Ou seria porque a experiência não dera certo?

Firmino não sabia dizer. Não conseguia pensar racionalmente. Como um bêbado científico que se intoxicara com conhecimento que nunca quis obter, tropeçou de um lado para o outro, examinando os outros receptáculos. Eram dezenas. Crianças e jovens. Os corpos desaparecidos...

Mas havia muito mais. Um número muito maior do que imaginavam. Terrivelmente maior. Estariam ali todos os jovens que ele, Maria Tereza e Remy haviam procurado nesses últimos meses? Estaria ali Jair, o menino que ganhava a vida tocando seu violão?

Firmino questionou-se, entre o horror e o fascínio, se naquele buraco tecnológico não teria ele descoberto a verdadeira Alcova da Morte!

Sua atenção foi desviada por alguns indivíduos adultos. Poucos, na verdade. Suas condições eram péssimas, os corpos putrefatos e murchos, os músculos enegrecidos. Depois de perceberem que os mais velhos não resistiam a tal insanidade, teriam optado por cobaias jovens e fortes?

Seus pensamentos foram interrompidos pelo alarme que irrompeu no salão ao mesmo tempo que luzes ofuscantes brilharam no alto. Firmino sacou a sua arma, apontando-a de um lado para o outro.

O som estridente berrou novamente, o que deixou Firmino ainda mais preocupado, pois logo alguém ouviria aquele som. E ele estava certo.

Mas não era alguém.

A primeira criatura surgiu por detrás de um receptáculo e agarrou o paletó de Firmino na altura do peito, erguendo-o e o lançando pelo ar. Ele voou até sentir suas costas estalarem contra um dos ataúdes de metal, escorregando até o chão.

Sua visão obscureceu por um momento. Ele mais sentiu do que viu a criatura se aproximar e tomou a única atitude possível: ergueu a mão e atirou, descarregando seu revólver até ouvir o clique do tambor girando no vazio.

Firmino esfregou os olhos e se levantou para ver o que havia abatido. Assim como as criaturas que vira dentro dos receptáculos, aquilo também era um amálgama, mas muito mais sinistro. A biologia silvestre nunca fora seu forte, mas ele poderia arriscar um palpite: ali jazia um gorila. Um primata de mais de cem quilos, cujas mãos foram substituídas por garras metálicas. No topo da cabeça, um estranho aparelho acoplado ao cérebro do pobre animal misturava centenas de engrenagens minúsculas, manipuladas por um motor à corda.

Não poderia ter certeza, mas achava que havia descoberto o que havia acontecido aos planos de Alfonso Peixes.

Mas seus pensamentos foram substituídos rapidamente por uma necessidade mais premente: a própria sobrevivência. Agora o alarme havia cessado, mas duas novas criaturas primatas surgiram por entre os receptáculos, saltando e correndo em sua direção.

Firmino ainda tinha sua arma, mas duvidava que teria tempo para recarregá-la. Virando-se para o corredor, pôs-se a correr o mais rápido que podia, perseguido pelas duas aberrações que grunhiam enquanto se aproximavam.

Um dos gorilas mecanizados saltou e Firmino aplicou uma esquiva rápida para o lado. A criatura atingiu um dos receptáculos, que tombou pesadamente por cima do seu braço. Ela berrou de fúria e dor, e seus golpes com a prótese de ferro atingiram a escotilha até esfacelá-la, derramando o líquido verde. O visco, de um cheiro nauseante, sufocou o gorila, que soltou os últimos suspiros.

Firmino, que olhava aterrorizado para o triste fim da aberração, descuidou-se por um segundo e foi alcançado pela terceira criatura, que o atingiu no peito. Ele rolou na hora, o que impediu de ter o dorso esmagado, mas sua situação era crítica.

O gorila saltava, com os dois braços estendidos, agredindo-o à maneira dos primatas, usando os poderosos antebraços como porretes assassinos, reforçados por placas grossas de aço e rebites.

O engenheiro tentou se proteger e quase teve as mãos arrancadas. Em um gesto ousado, tentou segurá-lo e aplicar o mesmo choque elétrico que sepultara o assassino enviado para liquidá-lo no Corcovado, mas o efeito da enorme descarga elétrica foi apenas afastar o gorila por alguns momentos.

A criatura piscou os olhos, como se não tivesse entendido o que acontecera, e voltou à carga.

Mas foi o suficiente para que Firmino pudesse se levantar e voltar a correr, com o gorila em seus calcanhares. Ele tentou despistá-lo por entre os receptáculos, mas a destreza animal da criatura era muito superior à suas habilidades de corredor. Se quisesse derrotar o gorila e permanecer vivo, precisaria usar o órgão que sabia ser superior ao dele: o seu próprio cérebro.

Um plano se delineou depressa em sua mente. O problema era ter tempo de colocá-lo em ação. O gorila estava muito próximo e ele tinha sérias dúvidas de que conseguiria deixar o salão vivo, mas esta era a sua única oportunidade.

Correndo com a força de vontade de quem sabe que a própria vida depende disso, Firmino disparou por entre os receptáculos, sentindo os cortes provocados pelo primeiro gorila abrirem-se enquanto seus músculos se contraíam. Era o segundo dia consecutivo que era espancado e temia que seria o último se não alcançasse a porta.

Bateu a maçaneta atrás de si em um gesto automático, sabendo que o obstáculo seria mínimo. O gorila era suficientemente forte para vergar o metal como uma folha de papel. Talvez aquilo lhe desse uns dois ou três segundos. Seria o suficiente? Tinha de ser.

Ele saltou assim que o gorila estraçalhou a porta. Suas mãos atingiram os canos de cobre. Ele sentiu a mão esquerda queimar por debaixo da luva de couro, mas não podia se importar com a dor. Forçando cada engrenagem da mão mecânica, arrebentou o cano de alta pressão, dirigindo-o para baixo assim que o gorila tentou agarrá-lo.

A criatura gritou de dor e um cheiro terrível de carne queimada invadiu o lugar. Firmino não esperou para ver o que aconteceria. Cambaleando, com a mão queimada protegida debaixo da axila, ele prosseguiu pelo corredor, arrastando-se enquanto a criatura berrava e gritava, certamente tentando alcançá-lo, mas impedida pelo jato que o queimava vivo. Sabia que deveria ter pena do pobre animal irracional, mas sua mente só conseguia agradecer a si mesmo por ter pensado nisso.

Com a mão mecânica defeituosa pelo uso excessivo e com a outra queimada, Firmino demorou um tempo muito superior para subir pela escada. Estava banhado de suor quando alcançou o armazém e foi com alívio que sentiu o ar gelado invadir seus pulmões, prejudicados pelo ambiente úmido e quente do laboratório escondido. Com um acesso de tosse, ele deixou-se cair de joelhos, exausto.

Então, enquanto sorvia lentamente o ar, recuperando o fôlego, a porta do alçapão foi lançada para o alto e um urro animalesco atingiu o armazém.

O gorila, com o corpo despelado pelo jato de vapor quente e repleto de bolhas vermelhas em erupção, exalava um forte odor almiscarado e queimado enquanto gritava, enlouquecido, girando o curto pescoço atrás da única coisa que lhe importava agora: o seu algoz.

Firmino levantou-se no exato momento em que a criatura atacou. Ele escorregou para o lado da cadeira enquanto o gorila caía por cima das escrivaninhas, espalhando papéis, lápis, réguas, esquadros e lascas de madeira.

A criatura urrava e berrava, a dor impulsionando seus instintos para além do que a caixa controladora do seu cérebro parecia poder aguentar. Firmino podia ver a fumaça escapar do mecanismo, que funcionava à toda corda, tentando contrabalançar o choque de adrenalina que invadia o corpo do gorila, impulsionando-o para frente enquanto ele sofria dores indizíveis.

Ele saltou de novo, com os braços abertos, a garra rasgando o capote e as costas de Firmino, deixando-lhe três riscos de sangue. Firmino correu para a escada que o levaria até o andar superior, mas estava muito distante. Sabia que não ia conseguir, mas não morreria sem tentar.

Sentindo o bafo da criatura nas suas costas, ele correu sem parar até que uma explosão reverberou pelo armazém, lançando ele e a criatura para trás. Firmino se levantou bem a tempo de ver pela janela lateral o templo irromper em chamas.

— Diabos, Remy! O que você fez?!

CAPÍTULO 18

REMY

Rio de Janeiro, 20 de julho de 1892.

Arredores do Engenho Novo, meia-noite.

Quando Remy se separou de Maria Tereza e Firmino, sentiu um calafrio percorrer sua espinha de cima a baixo, enquanto sua mente se perguntava se eles sobreviveriam àquela noite.

Seus pensamentos foram interrompidos pela parada de esplendorosas carruagens, guiadas por serviçais que se vestiam com apuro, ao lado do prédio hexagonal, num total de três. Os pares de equinos que as puxavam foram devidamente presos a esteios metálicos. Os animais estavam inquietos e relinchavam, sendo repreendidos pelos guias, que então se colocaram em prontidão.

Do interior dos carros, saíram soturnas figuras encapuzadas, que de imediato seguiram para o templo noturno. Quantos deles, perguntou-se Remy, estavam na casa de Leocádia na noite anterior? Da última carruagem, foi retirado um jovem que ele reconheceu como o músico desaparecido!

Felizmente, Jair estava vivo, mas até quando?

Remy viu a passeata noturna, iluminada por archotes recém acesos, e teve certeza de ter voltado no tempo, a um ritual primitivo e sangrento.

O que tinha se anunciado como uma noite de investigações e coleta de evidências, poderia se tornar, no final das contas, uma noite de salvamento.

Mas para tanto, ele teria de improvisar.

Antes de ir em direção à construção de pedra, estudou seu percurso e notou um velho galpão no qual poderia encontrar algo útil. Correndo silenciosamente até a construção e portando apenas sua bengala-lâmina, além das outras substâncias que ela escondia, tomou um pouco de corda que lá encontrou.

Seguiu em direção ao templo, depois de esperar até que todas as figuras encapuzadas entrassem e suas portas fossem fechadas. Circundando a construção, chegou sorrateiramente aos três cocheiros que vigiavam.

Depois de aguardar à espreita o momento adequado, usou a zarabatana que Firmino havia providencialmente embutido na bengala. Remy rapidamente os atingiu com uma série de dardos soníferos que os imobilizariam até a manhã seguinte. Agora era dar conta dos devotos.

Sua única determinação era garantir a vida do jovem que havia sido arrastado para dentro do templo e também a sua. Quanto aos algozes, não sabia o que a noite lhes proveria, mas não teria piedade, pensava. Isso até escutar a voz imaginária de Maria Tereza bater em sua mente. "Nós não somos assassinos, Remy", disse ela certa vez, quando estavam prestes a desbaratar uma quadrilha de neoescravocratas.

Depois de se certificar de que os cocheiros dormiam, ele prendeu os pórticos duplos com a corda, para impedir a eventual fuga de seus inimigos, e costeou a lateral do prédio.

Ali encontrou alguns galões empilhados do que julgara ser combustível para alimentar as máquinas do complexo. Mas por que eles foram deixados ali, ao lado do templo? Ignorou a dúvida e agradeceu aos espíritos pela feliz coincidência.

Até sua vigília ser interrompida pela desagradável sensação de estar sendo observado. Ele respirou fundo e atentou à escuridão ao redor, ajustando os goggles. Nada viu, odiando a sensação de impotência e sabendo que não tinha nem tempo nem condições de investigar. Retornou à sua tarefa anterior.

Ele retirou de seu casaco dois lenços e improvisou um pavio que alocou na boca de um dos galões. No tempo que levariam para queimar, ele poderia fazer sua entrada. Usando o acendedor de sua cigarrilha, deixou as chamas subirem em direção ao seu objetivo. Agora, precisava fazer sua aparição teatral.

Tinha identificado uma escadaria lateral e era por ali que ele pretendia entrar. Em silêncio, abriu um dos compartimentos superiores e invadiu o lugar. Não se surpreendeu ao encontrar lá dentro um templo pétreo cuja decoração louvava monstros primitivos e seus rituais sangrentos. O prédio era vasto e grande, podendo receber em seus dois níveis mais de duzentas pessoas. Entretanto, havia ali pouco mais de dez.

Será que eles esperavam expandir o culto?

Não se dependesse dele.

Remy estudou por alguns segundos a estrutura do lugar e elaborou um plano, enquanto observava o escarcéu ritualístico que sucedia no nível inferior. Na nave principal do templo não havia cadeiras ou bancos, apenas homens parados portando suas máscaras rituais e suas facas de pedra. Ao redor deles, filas de velas e castiçais. No seu meio, o símbolo maldito que haviam encontrado na cela do Corcovado e que dera início a todo aquele mistério. Ainda havia muitas respostas a serem buscadas, mas muitas delas já começavam a fazer sentido.

Deitado sobre o signo inscrito na pedra, Jair, nu e amarrado, com os lábios silenciados e os olhos grilados, sabendo que sua vida não demoraria a desaparecer.

Para Remy, tudo aquilo não passava de lorota e perversidade, auxiliados, é claro, por um espírito vil que fizera todos acreditarem que se tratava de um demônio mais antigo e poderoso. Para ele, ficava mais e mais claro que os interesses que dominavam aquela gentalha eram a devassidão e a loucura. Uma parte dele alegrava-se por supor que tudo não passava de um embuste. Mas e quanto ao que vira e ouvira do demônio ancestral que o havia aprisionado noites antes?

O mosaico ainda não estava completo. Ainda faltavam peças a serem não só encaixadas como encontradas. Remy silenciou sua reflexão.

A cantilena maldita começara e o líder — o Barão do Desterro, certamente — passou a pronunciar uma reza absurda, logo substituída por outro discurso, também deplorável. Em seu peito, o maldito medalhão prateado que invadira seus sonhos.

— Pela malignidade a nós ofertada, nós os adoradores de Eva, dedicamos esse sacrifício a vós, ó Grande Senhor das Trevas, Deus das moscas, aranhas e gafanhotos peçonhentos...

"Gafanhotos peçonhentos"? De onde aquela gente havia saído?

Enojado pelo mal gosto daquela lenga-lenga, Remy decidiu não mais se demorar.

— Ofertamos a vós, Senhor da Morte, tudo o que somos e queremos e desejamos e, com este sangue, evidenciamos mais uma vez que somos teus e que queremos fazer tua vontade.

O jovem começou a se contorcer e a urrar, com o pouco de som gutural escapando do pano que lhe comprimia os lábios. Remy precisava se apressar, pois iriam começar a trabalhar em sua pele em alguns instantes, possivelmente como fizeram com a protegida de Madame Leocádia.

— Pois o sagrado inferno vai se abrir e devorar todos nós... e é isso que queremos de ti, Nosso Senhor... que nos leve consigo, junto com este infiel.

Algo estava profundamente errado e Remy sabia disso.

Até agora, do que tinha visto daquela coletânea de símbolos e de tudo o que fazia sentido naquele espírito, tratava-se de um ritual poderoso e antigo ou então de uma mente minimante educada e conhecedora dos mistérios antigos. Aquilo que estava se desenrolando ali embaixo era ridículo! Era como se aqueles imbecis tivessem lido livros e agora encenassem uma missa diabólica pela primeira vez. A fala daquele líder de araque era uma ofensa a todos os rituais... os sagrados e os profanos!

Chegava daquela patuscada! Ao conferir que o fogo produzido no exterior já tinha chegado ao primeiro galão, estava na hora do seu espetáculo particular.

— Senhor da Morte, nosso senhor, que estás nos infernos, venha a nós vosso reino infernal e seja feito o teu desejo assim na terra como é feito nas profundezas em chamas...

— Ei, gentalha! — gritou Remy, do alto do segundo nível do templo, segurando na ponta dos dedos uma pequena chama. — Querem ver algo infernal? Então, tomem lá!

E lançou sobre o grupo dois archotes, que foram cair no chão, espalhando-se por uma mesa e pelo cortinado do lugar.

Usando uma invocação antiga, Remy ordenou que as chamas voassem e rapidamente se espalhassem pela extensão do templo. Não gostava de usar seu poder e seus conhecimentos daquele modo, mas a necessidade falava mais alto.

Enquanto os devotos do demônio se alvoroçavam, Remy pulou sobre a nave, segurando na borda do castiçal metálico, que virou jogando mais velas e fogos. O corpo de Remy pousou entre a turba revolta e o cordeiro sacrificial.

Neste momento, uma explosão imensa destruiu parte da parede lateral, surpreendendo até mesmo Remy, que se questionou sobre o conteúdo daqueles galões...

Mas não teve tempo de chegar a uma conclusão, pois o lugar agora virara um alvoroço de labaredas, fumaça e carne começando a ser chamuscada.

Todos saíram correndo, menos dois que tentaram atacar Remy com suas mãos. O primeiro errou o soco e recebeu um golpe certeiro em sua traqueia, fazendo-o cair de joelhos, sem conseguir respirar. Quanto ao segundo, antes mesmo de atacar, foi atingido por um chute na boca do estômago, o que o fez vomitar o jantar dentro da máscara escura e quase morrer afogado em seu próprio dejeto.

Remy testemunhou a cena, incrédulo, antes de retirar a máscara embebida de vômito e reconhecer o inspetor Marques! Remy deu novo chute em sua face e ele desmaiou.

— Eu sabia que deveria ter insistido com Firmino para que o visitássemos!

Cercado pelo fogo, ele correu para o jovem músico e começou a soltá-lo. Assim que conseguiu, enfiou a mão no bolso e apertou o botão vermelho que havia no teskie e que traduzia um pedido de ajuda.

Segundos depois, o papel com o código se desenrolava em sua frente. Maria Tereza estava vindo, ainda com espírito para lhe enviar uma palavra questionando sua discrição.

O jovem estava em choque quando Remy o alçou aos seus ombros, e provavelmente acabaria desmaiando com toda a fumaça e pavor misturados. Remy puxou o lenço que cobria a boca de Jair em direção ao nariz do rapazote e com seu braço, protegeu a si próprio.

Com uma única mão, enviou uma pequena mensagem para Tereza.

— Aguarde meu sinal.

A fumaça começou a descer e os assassinos principiaram a tirar as máscaras na ânsia de respirar. Os membros da seita tinham tentado escapar das chamas e encontraram a porta do galpão fechada por fora, o que apenas intensificara o desespero. Era um pandemônio literal entremeado a vestes escuras, gritarias e sanguinolência.

Remy jogou o jovem nas costas e começou a caminhar, desviando dos desesperados, até reconhecer o líder, que de joelhos gesticulava, ainda com a máscara, inteiramente em chamas, com tecido escuro se mesclando à carne derretida de seu rosto. Tentou retirar sua máscara, mas não conseguiu. Não havia mais rosto embaixo dela, não um que pudesse ser usado para identificação. Ele parou diante dele e retirou do seu peito o medalhão, enquanto o restante de seu corpo e de suas vestes era atacado pelas chamas.

Ardendo pelo calor do fogo, o medalhão brilhava, fulgurando sua inscrição: EVA. Remy jogou o objeto no bolso do casaco e seguiu sua jornada através da bagunça humana, tentando desviar do fogo e proteger a si e ao jovem que carregava.

Ele não tinha previsto que as chamas se alastrariam com tanta violência e de forma tão rápida. Ao redor dele, outras tochas vivas corriam e gritavam de um canto a outro, enquanto se ouvia, entremeado aos gritos humanos, os relinchos dos animais do lado de fora do templo.

Apesar de não lhe entristecer ao todo a ideia daquelas mortes, nem Firmino, nem Tereza aprovariam tal crime. E além disso, eles precisariam de testemunhas.

Se o líder que acabara de tombar era mesmo o Barão, necessitariam de seus asseclas para o identificar e explicar seu comando. Seguiu correndo até as portas duplas lacradas, enquanto alguns homens iam tombando, alguns sufocados, outros incendiados vivos.

Estacou diante delas e gritou para Maria Tereza.

Em seguida, ouviu o som das dobradiças das portas rangerem.

— Sabe o que fazer com eles, não? — perguntou Remy, afastando o jovem prisioneiro das chamas e desviando dos vigias que Tereza havia acabado de anular.

— É claro — foi a resposta de Tereza, antes de começar a bater nos devotos que tentavam escapar, deixando-os inconscientes.

Outros saiam tossindo e simplesmente tombavam ali, escapando da morte, mas sem fôlego para prosseguir.

Remy repousou o corpo do jovem, enquanto escutava a batida das botinas de Maria Tereza no chão de pedra, enfrentando os pretensos místicos. Como se tratava de gente bem-nascida, rica e entediada, o tipo de gente por quem Tereza não nutria qualquer respeito, ela não economizava nos golpes. Que bela cena ver aquela mulher golpeando criminosos sádicos à luz do luar e das chamas!

— Ele está vivo? — perguntou ela, entre um soco e outro.

— Sim — respondeu Remy.

Enquanto ela fazia dormir os últimos asseclas, Remy correu ao galpão lateral. Trouxe de lá mais corda e com ela amarraram os sobreviventes, enquanto o restante ardia dentro do templo, entre eles o líder.

Depois de terminarem o serviço, amarrando também os cocheiros, respiraram profundamente, tentando retomar o fôlego perdido.

— Acho que está na hora de irmos para casa — disse ela.

— Sim, mas... onde está Firmino?

Foi quando os dois escutaram o inconfundível barulho de vidraça quebrada.

Da lateral do depósito que Firmino foi investigar, saltou ele engalfinhado com um monstrengo terrível, um amálgama de artes mecânicas e constituição primata.

— Leve Jair para o portão lateral, Remy! Vou buscar Firmino e encontraremos vocês lá — disse Maria Tereza, correndo em direção ao engenheiro e seu algoz robótico e sacando sua pistola.

Remy colocou o jovem em suas costas e seguiu em direção à estrada lateral por onde haviam chegado. Ao chegar aos limites da propriedade, repousou o corpo do jovem e bateu calmamente seu lenço na roupa chamuscada. Enquanto se deliciava com a cena, arrumou o fino tecido no bolso do casaco. Diante dele, as chamas consumiam o templo, com os cavalos libertos correndo pela noite, dando ao todo um ar de horror apocalíptico.

Na frente das chamas, em meio ao pátio principal, Firmino tentava desviar dos golpes do monstrengo meio bicho meio lata enquanto, atrás dele, Maria Tereza buscava o melhor ângulo para disparar sua arma. Deu um disparo. E outro. Mas nenhum surtiu efeito contra a pele metálica da criatura.

Até que o gorila mecanizado se abaixou para acertar Firmino e este usou sua técnica de capoeira para acertar o mecanismo acoplado ao seu cérebro.

Foi então que Maria Tereza teve sua chance.

Guardando sua arma, ela pulou nas costas da criatura.

Firmando-se sobre ela, como um vaqueiro no lombo de um touro indomável, ela retirou duas adagas do seu cinturão, para no instante seguinte cravar cada uma nos lados opostos da cabeça da monstruosidade.

Depois de uma série de movimentos desesperados, que prometiam jogar Maria Tereza longe, mas que não tiveram efeito sobre sua firmeza, o monstro tremelicou, expirou e tombou.

A última vez que os viu, identificou Firmino e Tereza vindo em sua direção, com o mundo em chamas atrás deles.

— Você está bem? — perguntou Remy a Firmino.

Em resposta, Remy recebeu uma rude enumeração das partes de seu corpo e ideias criativas sobre o que ele deveria fazer com elas.

Seguiram até o carro-caldeira, que demorou para pegar no tranco.

— Se quiser posso chamar um carroceiro, meu caro.

— Cale a boca, Remy! — esbravejou Firmino.

Em segundos, a geringonça vaporenta explodiu em fumaça, com Firmino pulando na direção, enquanto Maria Tereza e Remy ajeitaram Jair na carroceria.

Com todos a bordo, Firmino ordenou aos pistões mecânicos que se movessem, fazendo toda a maquinaria se colocar em movimento. Gemeu pelo esforço, estando com seus punhos em carne viva.

Com o vento batendo em seu rosto, Remy sentiu suas entranhas embrulharem, com a ardente suspeita de que algo estava errado.

Lembrou-se de Catarina e temeu pela vida de sua amiga, questionando se o demônio que a havia aprisionado findava aquela noite derrotado ou vitorioso.

— Você está bem? — perguntou-lhe Maria Tereza.

— Sim, estou — mentiu ele.

E assim, em silêncio, exceto pelas engrenagens ruminantes do carro-caldeira, eles seguiram viagem, voltando ao Rio de Janeiro de Todos os Santos e dando as costas ao incêndio que ardia atrás deles.

CAPÍTULO 19

MARIA TEREZA

Rio de Janeiro, 21 de julho de 1892.

Delegacia de Polícia, 08 horas.

Não foi uma viagem agradável.

Estavam cansados e machucados. Além disso, nenhum deles parecia se sentir particularmente vitorioso. Não com as pessoas que encontraram, não com o que viram, tanto no escritório quanto no subsolo da fábrica. Aquilo era grande, como já havia afirmado Maria Tereza. Com ou sem demônios, o mundo estava prestes a vir abaixo.

E, provavelmente, parte dos escombros cairia na cabeça deles.

— Desvie para o Palácio da Polícia — disse Maria Tereza assim que adentraram as ruas calçadas da cidade. Ela estava ajeitando, como podia, o conjunto de saia e casaquinho de listras pretas e brancas sobre as roupas usadas na ação.

— Será nossa primeira parada? — questionou Remy, engasgando com uma tosse que persistira toda a viagem.

— Minha primeira parada. Vocês irão direto ao hospital. Firmino está ferido. O rapaz necessita urgentemente de cuidados e você está intoxicado, Remy, precisa respirar com calma por um tempo. Deixem a polícia comigo.

— Também precisa descansar, MT — comentou Firmino. — Não quer mandar uma denúncia ao delegado depois de chegarmos à agência?

— Uma denúncia anônima sobre as terras do Barão dificilmente seria levada a sério. Mesmo a minha palavra não será o suficiente. Não, não se preocupem. Sei exatamente como conseguir que me ouçam.

Os dois companheiros a encararam por um momento e concordaram.

Era metade da madrugada quando Tereza desceu em frente ao Palácio da Polícia, enquanto os outros três passageiros seguiram viagem. Remy e Firmino iriam com Jair juntos para o pronto-socorro e, depois de medicados, retornariam à agência.

— O delegado Teixeira está de plantão? — ela perguntou ao soldado da portaria.

— Não, Madame Floresta. Só o subdelegado Souza.

— Certo. Leve-me até ele.

Maria Tereza já estivera ali o suficiente para que seus pedidos fossem minimamente respeitados. O soldado a acompanhou até a sala do subdelegado e entrou antes dela, provavelmente para acordar o homem. Ele a recebeu alguns minutos depois com um sorriso gentil no rosto mal escanhoado.

— Imagino que sua visita numa hora tão incomum se deva a algo muito sério, Madame Floresta.

Souza era bem mais receptivo a ela do que o delegado Teixeira, mas não havia tempo para trocar gentilezas com ele.

— Muitíssimo sério, senhor Souza. Eu preciso ver um detento. A sós.

Souza piscou, sem entender.

— Um detento?

— Sim, senhor Souza. O doutor Moresco. Eu creio que tenho meios de fazê-lo confessar. Mas preciso encontrá-lo a sós e com carta branca para interrogá-lo. Se me lembro bem, o Barão pediu presteza neste assunto.

— Sim, mas...

— Tenho uma reunião marcada com o Barão pela manhã; e ele me disse que pretende que o chefe de polícia esteja presente — inventou ela, rapidamente. — Eu posso relatar que o caso está encerrado graças ao empenho dos policiais que trabalham em horários tão impróprios. Ou, aborrecê-los com uma longa dissertação sobre as dificuldades burocráticas que entravaram nossas investigações. O que me diz, senhor Souza?

O homem não pareceu muito contente, mas seus argumentos foram decisivos. Em poucos minutos, ela estava em uma sala ordinária de interrogatórios. Uma mesa dividia as cadeiras entre ela e um algemado doutor Moresco piscando os olhos sonolentos, intrigado. Dois guardas e o subdelegado os aguardavam no corredor.

— A que devo a honra, madame?

— Doutor Moresco, eu não tenho muito tempo — disse ela se inclinando para frente. — Irei, portanto, direto ao ponto. Se o senhor ainda não perdeu a contagem dos dias, imagino, deve imaginar o que aconteceu nesta madrugada.

Era um blefe. Felizmente o homem pareceu cair. Seu rosto se transformou. Maria Tereza já presenciara criaturas acuadas agirem de toda forma:

ataques de raiva, confissões megalomaníacas, até choros compulsivos. Mas, precisava admitir, nunca vira alguém se contorcer de medo como o homem que se encolhia na sua frente.

— Doutor Moresco?

— Eu... eu não sei...

— Não teste a minha paciência, doutor. A noite foi longa. Vi e ouvi horrores demais para ter de aguentar balbucios e desculpas. Neste exato momento, o templo está sendo consumido pelas chamas e...

O grito esganiçado do doutor Moresco foi acompanhado rapidamente por um abrir das portas, um espiar do guarda de plantão e um novo fechar de portas.

— Ele... ele vai nos matar... — choramingou Moresco, quando conseguiu se recompor.

— O Barão? O Barão do Desterro? — insistiu Maria Tereza.

Mas não houve resposta. Moresco chorava copiosamente, as faces enterradas nas mãos.

— Você sabia da câmara, não? Sabia da Alcova da Morte?

Moresco fez um gesto afirmativo muito rápido.

— Então, você devia saber do mecanismo de segurança. Indiretamente, então o senhor também foi responsável pela morte de Pedro Flores, como o inspetor Teixeira imaginava.

Não houve resposta a isso.

— O que buscavam, doutor Moresco? Por que todo este circo?

Ela chegou a esticar o pescoço, mas Moresco mais grunhia do que falava. Algo como "planos políticos" e a "glória do Brasil" escaparam dos seus lábios, mas o teor de seus argumentos era entrecortado por choros e soluços.

— O senhor precisa me ajudar, doutor Moresco. Eu vou chamar o subdelegado. E posso lhe garantir que, se o senhor confessar, nós...

— Nunca! Eles serão mortos! Todos eles!

— Quem...?

— Minha família — disse, em tom submisso. — Minha mulher... meus filhos.... Eles seriam destruídos antes que eu pudesse prestar depoimento frente a um juiz.

Ela piscou e se recompôs na cadeira, ganhando algum tempo. Temia algo assim. E se odiava por ter que mentir.

— Nós podemos protegê-lo. Podemos levar o senhor e sua família para longe das garras do Barão, ou seja lá de quem o senhor tem tanto medo. Mas, para isso, eu preciso que o senhor confesse a sua participação na morte de Pedro Flores e convença a polícia a investigar a propriedade do Engenho Novo. E isso precisa ser feito agora, doutor Moresco! Neste exato momento!

Moresco fitava o chão enquanto resmungava.

— Nós só queríamos o melhor para o Brasil. Nunca... nunca imaginamos.... Eu não queria fazer parte disso... Muitos de nós estávamos apavorados... a madame entende?

— Perfeitamente, senhor — mentiu ela, engolindo o asco que teimava em escapar de sua garganta. — Pode me acompanhar à sala do subdelegado para que ele possa anotar o que me disse?

Como um garotinho que fora pego fazendo alguma malcriação, Moresco fez que sim com a cabeça e se ergueu da cadeira para acompanhá-la. Assim que saíram, os dois soldados ladearam o homem e Maria Tereza se colocou ao lado do subdelegado para poder olhar para Moresco e impedir que ele voltasse atrás.

— Sim? — perguntou Souza, ansioso e curioso pelo que acontecera lá dentro.

— Eu tenho... algo... Eu preciso confessar algo.

O subdelegado arriscou abrir um sorriso para Maria Tereza, que não retribuiu a gentileza. Ela encarava Moresco com firmeza.

— Eu matei Pedro Flores.

— Desconfiávamos, doutor — comentou Souza. — Irá nos dizer o porquê?

O homem baixou a cabeça, transtornado e, por fim, fez um gesto com a cabeça que pareceu um sim. Maria Tereza, no entanto, estava mais interessada no Engenho Novo que naquela confissão.

— Há mais, senhor Souza — disse, instando o homem com o olhar.

— Mais? — questionou Souza, olhando do homem para Maria Tereza.

Ainda acuado, Moresco começou muito trêmulo.

— Existe uma propriedade no Engenho Novo. Com seguranças. Eu... eu creio que os senhores deveriam investigá-la imediatamente.

— Uma propriedade? De quem? — Souza parecia um tanto atônito. — Isso tem a ver com o caso? Com a morte de Pedro Flores?

Moresco negou com a cabeça num movimento meio maníaco, depois deu um passo rápido para trás. Maria Tereza estranhou, mas ela e o subdelegado mal tiveram tempo para reagir.

O engenheiro havia se apoderado da arma que estava à cintura do guarda mais próximo e, sem nenhuma hesitação, colocou o cano dentro da boca e puxou o gatilho, espalhando pedaços de cérebro pelo corredor.

CAPÍTULO 20

FIRMINO

Rio de Janeiro, 21 de julho de 1892.

Sede da Agência Guanabara Real, 16 horas.

Várias horas depois, na sede da Agência Guanabara, segurando uma xícara de café, Firmino percebeu que estava tremendo, apesar do calor do líquido espesso e brilhante.

Sentia-se enfermo e estranhamente conectado com aquela cidade que aprendera a amar à duras penas. O que vira no laboratório subterrâneo ainda estava fresco demais em sua mente. Sabia que, eventualmente, teria que encarar os próprios demônios, mas, por hora, tudo o que ele queria era esquecer os horrores do campo do Engenho Novo.

Ele acompanhara o desenrolar das novidades pelas mensagens truncadas de Maria Tereza que chegavam pelo teskie. O suicídio de Moresco parecia confirmar a sua participação no assassinato de Pedro Flores. E ele preferira morrer a revelar o nome do seu empregador.

Mas isso fora apenas o início das atribulações da polícia.

Com a morte de Moresco, Maria Tereza foi retida na delegacia e não pode acompanhar as tropas até o Engenho Novo. Lá, segundo o relatório policial, os oficiais encontraram boa parte do templo e das construções adjacentes destruídas. O armazém fora poupado, mas o chefe Nunes tinha preocupações mais prementes do que investigar o que poderia estar lá. Como já era esperado, a imprensa seguira no encalço da polícia e os repórteres e fotógrafos se amontoavam junto ao cerco dos soldados, berrando por explicações.

O delegado Teixeira, antes de permitir que Tereza desse explicações sobre sua conversa com Moresco, deixara claro que o suicídio comprovava a sua culpa, o que a fez ser bem cuidadosa com seu depoimento.

Pois bem, deixe estar, pensou Firmino, irritado, ao receber a mensagem de Tereza sumarizando o ocorrido. Os sobreviventes dariam com as línguas nos dentes, finalizava ela. Muitos escaparam do incêndio e teriam muitas explicações para dar. Ele levaria a cabo os interrogatórios por si mesmo, se fosse preciso.

Depois disso, Maria Tereza passara o início da tarde com o garoto ferido na noite anterior. Por fim, resolvera deixar Jair aos cuidados de uma instituição de sua confiança. Retornara há poucos minutos, mas antes disso foi encontrar seus contratantes e lhes atualizar da saúde do amigo desaparecido e também assegurar que os responsáveis não mais os machucariam.

Agora, porém, parecia exausta e irritada, especialmente depois de narrar a eles, uma última vez, o suicídio de Moresco. Ela disse que iria até seus aposentos para se refrescar e trocar de roupa. Remy quis interpelá-la, mas Firmino segurou seu braço:

— Nunca a perturbe quando ela está com aquela cara.

O místico voltou para sua poltrona com uma careta estranha.

Ele era outro que parecia perturbado. Após relatar tudo o que vira dentro do tal templo, não se vangloriara de seus feitos e acertos, como era seu costume. Na verdade, recolhera-se em um sono profundo no sofá da agência e mal abrira a boca depois disso.

Firmino não podia se dar a este luxo. Ignorara a visão mística do investigador paranormal. Maria Tereza tinha razão: mesmo sendo um punhado de bobagens, havia pessoas que acreditavam naquilo com fervor. Um fervor potencialmente perigoso. Garotos e garotas foram mortos em dois lugares diferentes da cidade e as razões estavam muito além da lógica.

Como as pessoas poderiam chegar a este ponto?, perguntava-se.

Sua mente não concebia tais coisas. Racional como era, conhecia como ninguém os absurdos da sociedade carioca, mas se recusava a crer em tamanha monstruosidade.

Passou os olhos pelos jornais da tarde. Ele confirmava as primeiras notícias sobre o caso, com a cidade comentando em polvorosa sobre o que estavam chamando de Convescote Macabro. Com vários desaparecidos e ninguém para contar a história, exceto os integrantes da Guanabara Real, os jornais acreditavam que as vítimas estavam participando de alguma festa particular, o que não seria algo incomum. E a principal notícia estava lá, estampada em letras garrafais:

INCÊNDIO DESTRÓI PROPRIEDADES EM ENGENHO NOVO

O BARÃO DO DESTERRO E SEU CONVESCOTE MACABRO

Por Neli Baidal

Uma festa privada, reunindo parte da nata política e social do Rio de Janeiro e arredores, tomou ares de catástrofe após um incêndio se alastrar por suas dependências, calcinando os convidados ainda vivos. O número de mortes ainda é incerto. A polícia se apressou ao local e uma equipe técnica ainda está lá. Até o momento, foram confirmadas as mortes de Telesfero Mantega, Petrônio Marques, Antônio Rivarete e do casal Quitão.

Em menos de uma semana, esse é o segundo incidente envolvendo mortes em uma propriedade do Barão do Desterro. Apesar de sua contumaz cooperação nas investigações que envolviam a morte de Pedro Flores no Corcovado, muitas perguntas ainda permanecem sem respostas. Estaria o Barão entre os mortos de ontem?

Enquanto outras respostas não chegam, continuamos de olho!

Apesar de o incêndio criminoso ter destruído todas as evidências, eram as armas e o laboratório oculto que ocupavam a mente de Firmino. Estariam ainda lá? Imaginava que não. Se fosse ele, já teria transportado todo o equipamento para outro lugar reservado. Tinha certeza que estavam lidando com uma mente ardilosa e repleta de recursos. Apesar dos modos untuosos e do discurso progressista do Barão do Desterro, precisava concordar com Maria Tereza e Remy: havia poucas dúvidas de que o sujeito era o arquiteto de toda aquela trama. A esperança agora estava na confirmação de sua identidade como o líder chamuscado do ritual que conseguiram impedir.

Mas achava estranha a demora da polícia em noticiar resultados. Enquanto isso, Firmino revisava outras questões, todas relacionadas à construção de um exército particular. Estaria o Barão pensando em um golpe de estado? Na invasão a um potentado estrangeiro? Ou apenas estaria mancomunado com o exército brasileiro? Esta era uma opção que não poderia ser descartada, afinal, a elite brasileira sempre esteve muito próxima das forças armadas e do governo como um todo.

Malditos!, rosnou para si mesmo, deixando transparecer parte de sua irritação.

Maria Tereza retornou dos seus aposentos com uma xícara de chá nas mãos. Ela parecia suficientemente recomposta para que Firmino arriscasse uma pergunta:

— Como o garoto está?

— Abalado — respondeu ela. — Esteve inconsciente boa parte do tempo e acho que podemos agradecer por isso.

Firmino concordou, engolindo o resto do café.

— O que faremos agora?

Remy se levantou da poltrona com uma expressão inquisitiva no rosto. Tereza guardou silêncio por alguns momentos enquanto os encarava.

— Isso vai depender do rumo dos acontecimentos — disse ela, afinal. — Se os desaparecimentos cessarem, teremos uma boa dose de certeza de que os principais responsáveis estavam naquele templo.

— E por que a polícia não os traz logo à justiça?

— Ora, Firmino... falamos dos principais dignitários desta cidade. Seria ingenuidade acharmos que a polícia iria expô-los sem cautelas. Eles devem estar protegidos agora, consultando seus advogados.

Remy grunhiu.

— E as máquinas de guerra?

— Não me esqueci delas. De fato, elas me perturbam mais do que os assassinatos em si. Já enfrentamos fanáticos antes, mas nunca alguém que se prepara para a guerra com a sofisticação que você relatou, Firmino.

Ele assentiu, cruzando os braços.

— Enquanto voltava para a agência, passei na sede d'A Tribuna. Eles estão cobrindo o incêndio, como todos os jornais. Perguntei ali e acolá e descobri que o armazém foi esvaziado. Não há nada lá — prosseguiu ela. — Neli prometeu me atualizar de quaisquer novidades.

— Isso levanta algumas questões, não é mesmo? Quem escondeu o equipamento? E para que ele serviria?

Remy agora andava pela sala.

— Para proteger o espírito infernal que o Barão pretendia invocar, é óbvio.

— Ora, Remy, francamente! — exclamou Firmino, irritado. — Está na hora de parar com esta palhaçada! Aqueles eram homens reais, de carne e osso! Armas reais! Crianças reais foram mortas por aqueles malucos!

Remy não estava chocado. Sabia que o confronto seria inevitável, algum dia.

— Você frequentou a Igreja com a sua mãe e, até onde sei, manteve o costume até pouco tempo atrás. Por que o que eu digo é mais estranho do que seus padres?

— Abandonei os amigos imaginários há muito tempo. Recomendo que faça o mesmo!

Houve uma pausa, seguida pelo arrastar do vestido de Maria Tereza, que se afastava:

— Quando os meninos pararem de brigar como dois cães por um osso, tenho tarefas para vocês.

Remy se desculpou, mas disse ter planos próprios.

Firmino o observou e soube que ele estava indo ver sua amiga na Misericórdia. Apesar de suas diferenças, simpatizava com a sua preocupação. Era bom ver Remy sair de sua concha de autolisonjas e gestos aristocráticos.

Firmino se serviu de mais uma xícara de café e foi ter com a chefe:

— O que quer? — disse ele, percebendo imediatamente sua grosseria. Teve a decência de corar por um momento.

Ela ignorou seu tom, pois sabia o quanto estavam nervosos e exaustos.

— Recolha tudo o que tem sobre o caso dos garotos e do assassinato do Corcovado e esconda em lugar seguro. Depois, retorne aqui. Tenho a impressão de que logo teremos notícias da polícia, e então poderemos planejar nossos próximos movimentos.

Firmino ergueu as sobrancelhas.

— Estivemos próximos demais para não sermos notados. O doutor Nunes partilhou de nossas descobertas. Existe pouco para ligar o assassinato de Pedro Flores ao incêndio do Engenho Novo, mas não quero correr riscos. Se Remy estiver certo sobre metade das pessoas que ele acha ter visto no templo, nossas vidas não valerão um vintém furado ao descobrirem nossa participação.

Havia sabedoria demais naquelas palavras para que ele as ignorasse.

Deixando a xícara vazia para trás, Firmino foi até o laboratório-escritório e esvaziou suas gavetas. Meia hora depois, havia recolhido todos os recortes, apontamentos e o diário onde estivera registrando os dados daquele caso em particular. Reuniu todos em um envelope pardo e, depois de vestir o casaco, a cartola e os goggles de passeio, deixou a sede da agência para trás.

Após tomar um dos vagões lotados, seguiu pela linha suburbana até alcançar a Villa Isabel. Tinha pouquíssimos amigos e, para falar estritamente a verdade, não confiava cegamente em nenhum deles. Dessa forma, preferia arriscar sua sorte com um patife honrado.

Não tomara o caminho do Bar do Português; fora para a direção oposta, rua acima, deixando para trás o pequeno centrinho, de bares mal-afamados, lojas vagabundas e casas de penhor duvidosas. À medida que subia, as construções rareavam, o mato surgia em cada espaço vazio e cães vadios e ratos prosperavam. Ele alcançou os restos de um antigo palacete, construído quando aquela região ainda fazia parte de uma das vastas fazendas que se espalhavam pela região.

Após deixar para trás duas paredes demolidas, encontrou uma escada que o levou até o subsolo. Havia uma grade instalada no fim da escadaria, mas ele sabia como entrar. Contornou a tranca e seguiu por um corredor escuro até sentir um cano encostar em suas costas.

— Cai fora, Firmino. Você não é bem-vindo aqui!

— Olá, Corisco. Já faz bastante tempo.

— Não o suficiente.

— Ainda irritado por causa do seu irmão?

— Aquele moleirão era um cabra ruim, bandido e sem-vergonha. Mas era meu irmão. E você o traiu.

— Ele matou aquela menina. E está cumprindo a pena devida.

— Não duvido disso, mas você não precisava ter se metido. Disse para não enfiar sua fuça no caso, não disse?

— Não escolho os casos — mentiu Firmino. — A minha chefe me encarregou.

— O Diabo que os carregue, você e sua chefa. Agora, cai fora.

— Você me deve um favor.

— Foi há muito tempo.

— Ainda assim, é um favor. Você me deve, Corisco. Foi a sua palavra de honra.

— Eu e a minha maldita boca... O que você quer, afinal?

Firmino levantou o envelope, sem se virar.

— Guarde isso para mim, em um lugar seguro.

— O que tem aí dentro?

— Isso não importa, não é mesmo?

O som inconfundível de um grunhido irritado alcançou seus ouvidos.

— Até quando?

— Até eu precisar dele.

— Isso não é um bom trato.

— É o que eu tenho para oferecer. Guarde o envelope e nunca mais me verá.

— Isso, sim, é um trato decente.

Firmino sorriu e esperou. Depois de ouvir o som arrastado das botas desaparecer atrás de uma porta, arriscou se virar. Estava sozinho.

Empertigando o capote, deixou o corredor úmido para trás, subiu as escadas e retornou à praça de Villa Isabel. Deu ao cocheiro o endereço de Joaquina, que morava em um casebre perto de Instância Velha.

Quando bateu em sua porta, encontrou-a vestida de luto e com a expressão facial de quem aguardava por notícias, senão por justiça.

Ela o convidou a entrar e a tomar um café com ela. Firmino, finalmente, detalhou a ela o que sabia do caso e do modo ardiloso como Pedro fora morto. Não apenas isso. Informou-a que na noite anterior, ele e seus dois associados haviam tomado providências para que os culpados fossem levados à lei.

Quando se despediram, Joaquina lhe abraçou forte e demorou-se, agradecendo por tê-la visitado. Ao menos em seus sonhos, poderia agora confiar que Pedro tivera sua justiça.

Firmino beijou a jovem no rosto e deu a ela seu cartão, caso precisasse de algo. Deixou o barraco, agora se concentrando no que precisava fazer em seguida.

Urrando no seu estômago, algo lhe dizia que aquele caso teria um final difícil.

Como em outros momentos de sua vida, precisaria estar sóbrio, alerta, acordado. Sua mente racional continuava sendo sua única amiga confiável.

Tomou uma carruagem e informou ao cocheiro o endereço da agência. Depois de olhar para cidade do Rio de Janeiro, corrigiu seu pensamento, lembrando-se de Maria Tereza. E também de Remy.

Naquele mundo de cão, sabia que poderia contar com os dois. Eram seus únicos amigos naquela cidade de homens, máquinas e monstros.

CAPÍTULO 21

REMY

Rio de Janeiro, 21 de julho de 1892.

Hospital de Misericórdia, 18 horas.

Ele recebeu a notícia quando estava no meio do caminho.

Tereza lhe enviou uma mensagem para lhe dizer que o Misericórdia acabara de informar que Catarina falecera há duas horas. Ao preencher os documentos da internação, Remy colocara o contato da agência.

Havia comprado flores — as gardênias que ela adorava. Agora, ele as deixava cair no chão da carruagem, com suas pétalas misturando-se à sujeira do compartimento.

Quando chegou ao prédio hospitalar, demorou a entrar.

Catarina havia significado tanto para ele, que não sabia como se despedir de modo minimamente satisfatório.

O médico, o mesmo com quem conversara na noite da internação, lhe deu os detalhes, meras atualizações infecciosas que ele não fez esforço em compreender. Sua mente e seus sentimentos estavam sintonizados em outras frequências. A doença e a morte de Catarina haviam coincidido com os eventos dos últimos dias, e ele nem tivera tempo de acompanhar sua partida e prantear sua falta. Agora, todos esses sentimentos conflitantes chegavam juntos, imersos em desolação e tristeza.

Sem demora, com a praticidade dos procedimentos hospitalares, o levaram para ver o corpo, para se despedir, para derramar suas lágrimas. Ela ainda estava em seu quarto, no leito em que havia morrido e, felizmente, tinham apenas fechado seus olhos, mas não coberto sua face com o lençol. Diante de sua nudez cadavérica e fria, Remy se sentiu vazio e sozinho.

Ele a havia amado apaixonadamente e, nesses anos de fortunas e aventuras, Catarina havia sido uma das poucas e bem-vindas companhias em sua vida.

E agora, a simples lembrança dela, aprisionada pelo monstro ancestral que ele e seus amigos investigaram nas últimas semanas, enchia-o de pavor e amargura.

Remy se deitou ao lado dela e abraçou seu corpo frágil e frio, já enrijecido pela morte. O além ainda era uma possibilidade, se é que almas e espíritos se encontravam depois da morte, uma dúvida que os anos de estudos e experiências mediúnicas apenas intensificaram, mas nunca resolveram.

— O senhor não pode fazer isso! — disse a freira entrando no quarto e se irritando com aquela quebra de protocolo.

Remy, dignamente, levantou-se e ajustou os braços de Catarina na posição anterior, puxando o lençol que cobria o seu corpo.

— Me perdoe, eu estava me despedindo — disse ele, não criando caso com a mulher.

— Eu entendo. Desculpe-me se fui ríspida, mas são as normativas do hospital — falou condoída, agora ficando de frente para Remy. — Sinto muito por sua mãe.

Remy olhou para ela, demorando a entender. Ele que nunca tinha compreendido o significado daquela palavra, por fim sorriu, terminando de enxugar suas lágrimas.

— Ela não era minha mãe. Era minha amante, minha amiga, minha conselheira — a mulher não conseguia tirar os olhos dele. — Ela era uma das mulheres mais admiráveis que eu já conheci e agora ela se foi. Por isso quis me despedir.

Remy deu as costas à freira, desinteressado em qualquer outra coisa que ela pudesse dizer. Dissera aquelas palavras não para ela, mas para si próprio, para comunicar tudo aquilo que Catarina significara para ele.

Depois de preencher os documentos referentes à liberação do corpo e providenciar os arranjos do funeral para o dia seguinte, Remy saiu para a rua, sabendo que teria pelas semanas à frente vários compromissos referentes à partida de Catarina. O que aconteceria com sua casa? Com seus livros? Com seu legado? Ela não tinha filhos ou herdeiros, ou quaisquer outros familiares.

Ordenou ao cocheiro outro endereço, pois havia uma última visita a ser paga.

Remy foi recebido com a costumeira simpatia por Madame Leocádia. Naquele horário vespertino, ela não estava em sua altiva elegância. Mesmo assim, agia com seu costumeiro porte de imperatriz decadente, gentil e delicada.

— O incêndio do qual os jornais estão falando... foram os mesmos homens que a feriram?

Remy assentiu e perguntou se poderia ver Josefa. Ficou feliz de ver que a jovem já estava mais disposta, apesar de as cicatrizes ainda lhe marcarem a face e o corpo. Encontrou-a no estofado ao pé da janela de seu quarto, lendo um folhetim romântico em bela encadernação: *Senhora*, de José de Alencar.

— Eu gosto muito desse livro — disse Remy, aproximando-se dela e sentando ao seu lado.

— Ela compra o marido. Que bela mentirada. São eles que nos compram, nunca o inverso — falou a jovem, fechando o livro.

— Toda a ficção é mentira, apesar de ela também contar verdades, mais do que a vida, muitas vezes.

Ela sorriu e olhou para ele, abaixando depois seu olhar.

— Não se envergonhe, Josefa. Você continua linda. Ao menos aos olhos dos que conseguem ver. É neles que você precisa se concentrar. Não é mesmo, Leocádia?

— Di-vi-na! Uma deusa! — respondeu a dama, que até então apenas assistia à cena, fazendo a jovem sorrir, um tanto encabulada. No instante seguinte, o sorriso morreu em seus lábios feridos.

— Por que fizeram isso comigo, seu moço?

— Eu não sei, minha querida. Há muitos mistérios que habitam os corações humanos. Mistérios que envolvem poder, força e violência. Eu lamento que você tenha sido capturada nessa rede de malignidade. Mas, lembre-se sempre: você sobreviveu e você está livre. — Remy olhou-a fixamente ao dizer a próxima frase. — O mesmo não posso dizer dos seus captores.

Josefa olhou para Remy com atenção, questionando-o em silêncio sobre o que havia acontecido. Remy se aproximou dela e colocou delicadamente a mão em seu ombro. Abaixo dos dedos delicados, ele sentiu os machucados ressequidos lhe arranharem.

— Eles foram capturados, minha cara, e em breve serão levados à justiça. Todos eles.

A jovem lançou seus braços ao pescoço de Remy e o abraçou por vários minutos. Depois de soltá-lo, agradeceu-lhe.

— Eu voltarei para visitá-la em algumas noites. Então, poderemos conversar sobre Aurélia Camargo e seu destino, ao lado do insosso Fernando Seixas.

— Adoraria, seu moço — concluiu ela.

Leocádia levou Remy até a rua e, por fim, abraçou-o, inclinando seu corpo, que era mais alto que o dele. Depois, beijou-lhe na face. Remy replicou o agradecimento beijando-lhe a mão, com o respeito e a dignidade dedicados a uma dama. Ele conhecera poucas até hoje. Madame Leocádia era, sem dúvida, uma delas.

Ao alcançar a rua e o vai e vem das pessoas e carruagens, retirou do bolso o medalhão de prata que trazia consigo desde a noite passada. Ao contemplá-lo, refletiu sobre ele, sua inscrição, o barão e suas vítimas. Ao menos, haviam salvado uma delas. Mas, e quanto à Eva e ao espírito maldito? Remy respirou fundo, tentando acalmar seu ânimo diante daquelas questões ainda sem resposta. Devolveu o pesado objeto ao seu bolso e acenou para uma carruagem que passava.

Agora, precisava voltar para a agência, onde seus dois parceiros de aventuras e perigos o esperavam. Antes disso, porém, ordenou ao cocheiro que o levasse à sua loja de vinhos favorita, próxima ao Botafogo.

Lá, conversou com o velho connaisseur de bebidas antigas e romances secretos. Ele amava sua vida e, naquele final de tarde, essa informação lhe alcançou com grande impacto, sobretudo por ter vivenciado a morte e o sofrimento e por lembrar que o mundo poderia ser um lugar terrível e perigoso, mas também selvagem e belo.

E à sua espera estavam dois dos seres humanos que mais admirava, apesar das suas indiscutíveis diferenças. Mas Remy já tinha aprendido que o que tornava as pessoas adoráveis não eram suas afinidades mais óbvias e sim suas posturas existenciais, mesmo que dissonantes.

Respeitava Firmino e suas idiossincrasias, as mesmas que o desafiavam. Aos seus olhos, ele era um raro homem que havia confrontado com coragem barreiras étnicas e sociais, e que se transmutara em um guerreiro cientista que não tinha vergonha de quem era.

Já Maria Tereza era uma força da natureza, bela, determinada, resoluta e incansável em suas decisões e posições. Uma "mulher do mundo", como diziam os literatos franceses ao elogiar uma dama que não se submetia ao "fado das fêmeas", nem ao "relho dos machos".

Remy, criatura de paixões como era, precisava se controlar para não se apaixonar por um ou por outro. Isso não seria nem um pouco produtivo para o trabalho. Felicitou os deuses por ter encontrado tais amigos e parceiros num mundo que ofertava tão poucas criaturas exóticas e interessantes. E felicitou Tereza por ter criado a agência e o contatado. Quantas aventuras teriam pela frente?

Remy adentrou a Guanabara Real e ajustou a gravata no vidro da porta. Teriam uma noite tranquila de vinhos e outros encantos, entre conversas e risos, supunha.

Entretanto, como em tantas vezes nos últimos dias, estava errado.

Para a sua surpresa, encontrou Tereza sentada, com seus olhos mareados de lágrimas de ódio e Firmino, em pé, andando de um lado para o outro, bufando de raiva. O que diabos havia acontecido agora?

— O laudo, Remy, saiu — disse Firmino. — O laudo sobre o ataque à instalação do Engenho Novo. Fomos chamados para depor sob acusação de estarmos envolvidos naquela destruição. Fomos denunciados como os responsáveis!

Obviamente, a denúncia era verdadeira, mas eles haviam coberto seus rastros e produzido, com a ajuda de Leocádia, um álibi aceitável. Para todos os efeitos, os três teriam dividido um quarto naquela noite para uma reunião... pouco convencional. Quem os teria denunciado? O Barão estava morto e...

— Além disso — informou Tereza, levantando-se e enxugando suas lágrimas de revolta, e respondendo à pergunta mental de Remy, — saiu a lista dos corpos incinerados. Todos estão lá: a polícia, a prefeitura, a milícia republicana... enfim... todos, exceto um!

Remy repousou a garrafa sobre uma das mesas. Depois de segundos, falou junto de Firmino.

— O Barão...

—... do Desterro! Sim! Vivinho da Silva! — gritou Maria Tereza.

— Mas como isso é possível? — questionou Remy, agora sentando. — Eu o vi morrer... ou alguém que estava liderando o ritual esdrúxulo e que se fez passar por... Maldição! Estou me sentindo um completo asno. Mas, e quanto aos sobreviventes que deixamos à espera da polícia?

— Eles foram encontrados há três horas, num terreno baldio. Todos mortos. Segundo o laudo, envenenados por dardos assassinos — disse Tereza.

Neste momento, a revolta coletiva foi interrompida por uma batida na porta da agência. Firmino foi atender e atrás dela encontrou um cadavérico mordomo que Tereza de súbito reconheceu como o serviçal do Barão, Sharif.

Nenhum dos três demonstrou reação alguma.

— Boa noite, senhores e cara senhora. O Barão enviou a vocês esta missiva.

O homem depositou o requintado envelope sobre a mesa, ao lado do merlot trazido por Remy. Depois de fitar os três investigadores e sorrir a eles, deu a volta e se retirou.

Maria Tereza pulou sobre o impresso, rasgou o invólucro, dando pouca importância para o selo avermelhado. Leu com rapidez a carta, depositando-a em cima da mesa como se fosse uma notícia de morte. Seu rosto pálido, manchado de lágrimas, assustou ainda mais os dois homens, que foram em direção ao papel de linho.

Remy o pegou, enquanto Firmino, por cima de seu ombro, leu com ele seu funesto conteúdo.

Rio de Janeiro de Todos os Santos,
21 de julho de 1892.

Aos Integrantes da Agência de
Investigações Guanabara Real

Venho por meio desta agradecer-lhes pelos serviços a mim prestados. Sua eficiência em retirar de meu caminho diversos empecilhos à realização dos meus intuitos foi insuperável.

Madame Floresta conseguiu garantir o suicídio do engenheiro, um dos únicos a saber a extensão dos meus segredos no que concerne à geografia subterrânea do Corcovado. Minhas incisivas garantias na visita que lhe fiz de que sua família não sobreviveria caso ele não findasse com sua insignificante existência cumpriram com o resto, além de me dar um álibi adequado.

Quanto ao doutor Boaventura, sua impressionante articulação ao escapar da morte encomendada por Marques, foi digna de nota. Ademais, selou o destino de um dos únicos elos entre a minha pessoa e a máquina assassina. A qual, como já sabem, foi criada unicamente para silenciar qualquer invasor do salão obscuro do Corcovado.

Já ao senhor Rudá, lhe parabenizo pela assistência dada à meretriz ruiva. Ela apenas sobreviveu para que sua cafetina viesse pedir sua ajuda, o que suspeitei que aconteceria sem tardar. Em conjunto com a informação que obtiveram sobre meu complexo tecnológico, a imagem daquela vítima forneceu-lhes o impulso moral para agirem sem demora. Em tempos complicados e ambíguos, seu heroísmo altissonante, digno dos folhetins detetivescos, é comovente.

Devo também confessar que nada superou o brilhantismo de vossa atuação conjunta ao impedir tal empreendimento demoníaco. Graças ao vosso audacioso e bem-sucedido ataque ao Engenho Novo, pude silenciar antigos associados políticos - necessários à minha ascensão, mas descartáveis e simplórios - e também destruir instalações que serviram apenas como cortina de fumaça para meus planos.

Sharif estava encarregado de tal feito, tendo transportado os galões combustíveis que seriam usados para assassinar os presentes. Mas ele pode permanecer impassível enquanto o senhor Rudá executava um trabalho ainda melhor. Depois de observar toda a ação, ele retirou os sobreviventes de cena tão logo vocês deixaram a propriedade, certificando-se de envenená-los e desová-los em um lugar onde seriam encontrados no momento adequado.

Vocês devem estar se perguntando sobre a misteriosa EVA. Tratava-se da sigla para a ordem secreta que reuniu os dignitários supracitados: proclamei-os como Embaixadores da Visão da Aurora, tendo deles sua participação em meus planos e seus recursos financeiros e políticos à minha disposição. A ordem era obviamente um embuste. Meu serviço ao Senhor da Morte, não. O sangue coletado no Engenho Novo serviu aos meus reais propósitos no cômodo sagrado que os pasquins desta cidade nomearam de minha Alcova da Morte, cômodo que revisitarei em breve a fim de concretizar meus planos e o ritual que nele foi iniciado. Ficaram curiosos?

Eu gostaria muito de detalhar tais segredos aos senhores. Afinal, vocês conquistaram o meu respeito e a minha mais profunda gratidão. Todavia, há outras urgências que requerem minha atenção como dar cabo da jornalista Neli Baidal, que já esgotou minha paciência. Ademais, preciso finalizar o texto do pronunciamento que darei ainda hoje à nação brasileira sobre a iminente e renovada ameaça paraguaia.

Não sabem disso? Ninguém sabe. Nem os paraguaios. Mas logo saberão e me darão o poder necessário para defender a nação com as armas maravilhosas que construí para o bem do país, conforme o doutor Boaventura pode comprovar. Neste entremeio, acabarei por tornar-me o novo Imperador do Brasil.

Prezado Remy, o espírito que me protege e guarda, e cuja vinda a este universo foi profetizada há gerações, lhe envia lembranças. Em especial, agradece por ter completado o ritual de passagem ao incendiar seus falsos adoradores, fazendo assim convergir sangue, carne e fogo. O objetivo daquele ridículo ritual era esse. Nem todos morreram, mas os que lá padeceram foram o bastante para selar o ritual e dar início ao evento que permitirá sua entrada em nosso plano.

Meu sucesso, como podem ver, não teria sido possível sem a ajuda de vocês e eu gostaria que fossem testemunhas de todos esses prodígios. Entretanto, arranjos foram feitos, denúncias registradas e provas forjadas, com o propósito de garantir que vocês não fiquem em liberdade.

Um último conselho e aviso, que podem considerar como um presente, dada a minha dívida para convosco: meus bons senhores, fujam e não voltem ao Rio de Janeiro. Se voltarem, a prisão e a morte os aguardam.

Quanto à minha cara Madame Floresta, nos veremos em breve. Eu prometo.

Com profunda gratidão,

Joaquim Francisco Marques de Souza

Barão do Desterro

P.S.: Se estão pensando em usar esta carta contra mim, saibam que sou poderoso no plano astral e habilidoso na esfera material, não sendo poucos os meus recursos. Em vista disso, esta missiva se autodestruirá em alguns segundos, depois que o último de vocês a ler. Madame Floresta ficará irritada com mais este mistério. Doutor Boaventura o explicará a partir de critérios científicos que incluem tinta embevecida em um reagente químico, que em contato com o oxigênio produzirá sua própria combustão. Quanto ao senhor Rudá, este defenderá que se trata de um feitiço banal e rotineiro. Espero que nenhum de vocês chamusque os dedos.

Uma última pergunta: O que fazem aí parados?

Enéias Tavares

É escritor, tradutor e professor na UFSM. Parceiro do Grupo EPIC, tem desenvolvido projetos transmídia para público jovem, nerd e geek, muitos deles relacionados ao romance **A Lição de Anatomia do Temível Dr. Louison**, primeiro volume da série Brasiliana Steampunk, vencedor do concurso Fantasy! em 2014 (Editora Casa da Palavra/LeYa) e finalista do Prêmio Argos em 2015. Além da série literária, trata-se de um universo transmídia que já virou audiolivro, cardgame e suplemento escolar. **Cartas a Vapor**, um jogo com mais de 270 cartas criado pela empresa paulistana Potato Cat, tem sido usado como recurso didático em escolas e empresas. Nas horas vagas, quando não está correndo ou cuidando de suas felinas domésticas, escreve para o blog literário Sem Serifa e para a coluna Bestiário Criativo do portal CosmoNerd.

www.eneiastavares.com.br

Nikelen Witter

Foto: Ronald Mendes

É escritora, historiadora, professora e pesquisadora. Escreve desde menina, mas começou a publicar seus contos em 2011, em diversas antologias de editoras de diferentes partes do Brasil. Seu conto Mary G., foi finalista do Prêmio Hydra de 2014. Em 2012, **Territórios Invisíveis**, seu primeiro romance, foi publicado pelo Selo Fantas, da Editora Estronho, e foi finalista do Prêmio Argos — concedido pelo Clube de Leitores de Ficção Científica — de 2013. O romance ganhou uma segunda edição em e-book pela Avec Editora, em 2017. Nikelen foi uma das organizadoras da Odisseia de Literatura Fantástica entre os anos de 2012 e 2015. Desde 2016, a escritora é agenciada pela Increasy Consultoria Literária e logo estará publicando seu segundo romance solo.

http://www.nikelenwitter.com.br/

A. Z. Cordenonsi.

Foto: Ronald Mendes

É escritor, roteirista e professor na Universidade Federal de Santa Maria (RS). Associado ao Grupo EPIC, já publicou inúmeros contos em antologias de ficção científica, fantasia e terror. Foi finalista do Prêmio Argos em 2014 e, atualmente, tem se dedicado ao projeto Le Chevalier, que mistura personalidades reais e da literatura para recriar a França do final do século XIX em um universo retrofuturista recheado de intrigas, espionagem e muita aventura. Além do primeiro romance, **Le Chevalier e a Exposição Universal**, já foram publicados diversos contos e a HQ **Le Chevalier: Arquivos Secretos**, em parceria com o ilustrador Fred Rubim. Seus planos de dominação global incluem um RPG, outros romances, quadrinhos e contos, games e as terríveis e fantásticas aventuras da Agência de Detetives Guanabara Real.

www.azcordenonsi.com.br

Essa História
não termina aqui.

A trama e a investigação
se intensificam em:
"O Covil do Demônio".

Um Caso da Agência de Detetives Guanabara Real
O Covil do Demônio
Enéias Tavares • Nikelen Witter • A.Z. Cordenonsi
AVEC
EDITORA

AVEC
EDITORA